Deborah Wiles

in Liebe, Ruby L.

Deborah Wiles

in Liebe, Ruby L.

Aus dem Amerikanischen
von Cäcilie Plieninger

Ravensburger Buchverlag

Die Deutsche Bibliothek – CIP-Einheitsaufnahme

Ein Titeldatensatz für diese Publikation ist bei
Der Deutschen Bibliothek erhältlich

3 2 1 04 03 02

Dieses Werk wurde vermittelt durch
die Literarische Agentur Thomas Schlück GmbH, Garbsen.

Die Schreibweise entspricht den Regeln
der neuen Rechtschreibung.

Umschlagillustration – Jacky Gleich
Lektorat – Burkhard Heiland

Printed in Germany

ISBN 3-473-34403-6

www.ravensburger.de

Für Marie und Thomas Edwards

AURORA KREISNACHRICHTEN

Landwirtschaft

– Halleluia, Mississippi, 3. Juni

Überraschend erklärte heute Lucius Peterson von Petersons Hühnerfarm, er werde seine Firma schließen und in den Ruhestand gehen. Peterson war 45 Jahre in der Eierproduktion tätig gewesen. „Ich hatte das schon länger geplant“, so Peterson. „Seit zwei Jahren habe ich keine neuen Hühner mehr gekauft. Die alten Hennen sind jetzt schlachtreif – bald werden Sie sie als Hühnerkeulen und Huhn à la king auf Ihrem Teller haben.“

Miss Eula Dapplevine, Bürgerin von Halleluia und seit langem bekannt für ihr Engagement im Tierschutz und in anderen aussichtslosen Fällen, gab angeblich folgenden Kommentar dazu ab: „Das glaubst aber auch nur du, Freundchen.“

1

4. Juni

„Mörder! Aber *alle* kriegt ihr nicht!" Ruby Lavender lehnte sich aus dem Wagenfenster und schüttelte wild die Faust. Das Auto kam in dem schmutzigen Hof von Petersons Hühnerfarm abrupt zum Stehen und Ruby kletterte hinaus. Barfuß rannte sie, so schnell sie konnte, mitten in einen Staub aufwirbelnden Hühnerschwarm hinein. Die Hühner wurden zum Hackklotz getrieben, wo sie ein grausiger Tod erwartete.

Am Steuer des Fluchtwagens saß Miss Eula Dapplevine. Hastig stieg sie aus und trat in die heiße Junisonne hinaus. Sie fuchtelte wild mit den Armen. „Lauft, lauft! Lauft um euer Leben!"

Die Hühner gackerten wild und gerieten in Panik. Flügelschlagend rannten sie umher.

Ruby breitete die Arme aus und stürmte durch den in höchster Not zeternden Hühnerschwarm.

„Jetzt hab ich euch!" Sie ließ sich auf die Knie fallen und griff nach Hühnerbeinen, -hälsen und -brüsten und zog die Tiere zu sich her. „*Ich* werde euch retten, Mädels!“ Ihr Gesicht war voller Federn. Sie schwankte hin und her und versuchte, das Gleichgewicht zu halten. Der Träger ihrer Latzhose rutschte herunter.

Plötzlich kamen drei Männer aus dem Hühnerhaus gerannt. Der größte von ihnen riss sich das Taschentuch herunter, das er sich um Mund und Nase gebunden hatte. „Halt! Diebe! Bringt mir sofort die Hennen zurück!“

„Verschwinden Sie, Lucius!“, rief Miss Eula. Sie wedelte sich mit ihrem großen Hut den Staub vom Gesicht. „Sie werden ein paar Legehennen, die ihre besten Zeiten eh schon hinter sich haben, kaum vermissen!“ Mit den Hühnern im Arm konnte sich Ruby nur mühsam auf den Beinen halten. Sie wankte zum Auto, unter jedem Arm eine gackernde Henne, und warf beide durch das offene Autofenster auf den Rücksitz. „Fang auf, Miss Eula!“ Noch eine Henne kam auf Ruby zugerannt und hätte sie beinahe umgeworfen. Ruby packte sie. „Donnerwetter! Los, rein mit dir!“

Sie warf das Federvieh ins Auto und kletterte dann gleich durch das offene Fenster hinterher.

„Beeil dich, Miss Eula!“, rief sie.

„Sie sind verrückt, Eula!“, brüllte Lucius. „Total verrückt!“

Einige Hühner gingen auf Lucius los und hackten nach seinen schweren Stiefeln. Die Tiere strömten durch den löchrigen Zaun über die Landstraße und in die umliegenden Felder, wie Wassermassen, die einen Deich durchbrechen.

„Lauft, Mädels, lauft!“ Miss Eula stemmte die Hände in die Hüften. „Würde *Ihnen* das gefallen, von jemandem zum Mittagessen verspeist zu werden, Lucius? Vielleicht als Lucius à la King!“ Lucius und seine Arbeiter wussten gar nicht, wohin sie zuerst rennen sollten, um die aufgeregten, um ihre Füße hüpfenden Hühner zu beruhigen.
Miss Eula sprang rasch ins Auto. Ruckartig legte sie den ersten Gang ein und lenkte den großen Wagen aus Petersons Hühnerfarm heraus. Im Zickzackkurs steuerte sie ihn die Straße entlang, wobei sie Hühnern auswich und Staub aufwirbelte. „Wie viele haben wir?“
„Drei Stück! Sie sind rot!“ Neben Ruby hockten drei der erbärmlichsten und aufgeregtesten Kreaturen, die sie je gesehen hatte. Sie gackerten und starrten Ruby an.
„Drei ist eine sehr gute Zahl“, bemerkte Miss Eula. „Eine Glückszahl. *Du* bist wirklich eine gute Komplizin, Ruby Lavender … *für eine Neunjährige.*“ Sie blinzelte Ruby an.
„Und *du* eine gute Fluchtfahrerin … *für eine Großmutter.*“ Ruby blinzelte zurück.
„Die Leute werden zwar nach wie vor Hühnchen essen, aber nicht diese drei, stimmt's?“
„Klar“, sagte Ruby. „Ich kann es kaum erwarten, sie kennen zu lernen.“
„Wir werden sie gemeinsam kennen lernen.“
Das Auto fuhr ruhig die Landstraße entlang. Die Hühner gackerten, schlugen mit den Flügeln und veranstalteten ein ziemliches Tohuwabohu. Miss Eula und Ruby sahen sich im Rückspiegel an. Sie lächelten sich zu, dann kicherten sie, und schließlich lachten sie aus vollem Hals.

6. Juni

Ruby setzte ihre Unterschrift unter den Brief, den sie soeben geschrieben hatte, und faltete ihn dreimal. Sie sprang auf, schob energisch den Stuhl zurück und steckte den Brief in die große Vordertasche ihrer Latzhose. Dann knallte sie die Tür mit dem Fliegengitter gegen die Hauswand und rannte hinaus.

Im Gemüsegarten saß ihre Mutter im Schneidersitz neben riesigen Bergen von Zucchini und kritzelte etwas in ein Notizbuch auf ihrem Schoß. Sie schrieb Artikel über alle Gartengemüse – vom Knollensellerie bis zur Schrumpelkartoffel – für mehrere Zeitungen und manchmal schrieb sie auch ein Buch. Diesmal würde es wohl ein ziemlich dicker Wälzer werden, eben über Zucchini. Rubys Mutter sah auf und blinzelte unter der Krempe ihres Strohhuts.

„Nanu! Was ist passiert?"

„Ich muss einen Brief zur Post bringen! Ist sehr wichtig! Es geht um Leben und Tod!" Und schon flitzte Ruby den Hügel hinunter in die Stadt.

„Sei zum Abendessen zurück, wenn du es überlebst!"

Ruby winkte flüchtig und eilte weiter.

Ihre nackten Füße klatschten gegen die schmutzige Straße. Ihr roter Pferdeschwanz glich einem Feuerschweif, er baumelte wild hin und her, während sie den Hügel hinunterschoss.

Ruby nahm den längeren Weg in die Stadt. Das tat sie seit dem Unfall immer. Als sie das Ortsschild erreichte, lehnte sie sich erschöpft dagegen, um zu verschnaufen.

Willkommen in Halleluia, Mississippi
Bevölkerung: 400 nette Leute
und ein paar alte Tratschtanten

Die Läden in Halleluia lagen alle an der Hauptstraße. Ruby ging einen sandigen Weg hinter den Läden entlang. Sie kam an der Rückfront des Waschsalons und der Bank vorbei und erreichte schließlich das Postamt. Mit der Hand strich sie über ihre Tasche. Der Brief war noch da.

Hinter dem Postamt stand ein stattlicher Silberahorn. Seine Wurzeln breiteten sich unter der Erde aus und kamen hie und da an die Oberfläche. Sie waren knorrig und sahen aus wie große aufgeschürfte Knie. In dem Gewirr der Wurzeln war ein trockenes Loch verborgen, gerade groß genug für einen Beutel mit Murmeln oder einen Softball. Aber ihren Softball steckte Ruby nie in das Loch, vielmehr war es ihr geheimer Briefkasten. Sie zog den Brief aus der Tasche und legte ihn in das Loch.

Aber Moment mal! Da war auch Post für *sie*! Ein rosa Stück Papier. Zuerst vergewisserte sie sich, dass ihr auch keiner zusah. Weiter oben in der Straße waren die Tolbert-Zwillinge mit Seilhüpfen beschäftigt. Sie bemerkten Ruby nicht. Der alte Ezra Jackson döste auf einem Stuhl hinter dem Frisörladen. Rasch zog Ruby das Papier aus dem Loch und legte ihren Brief hinein. Sie setzte sich mit dem rosa Papier unter den Ahornbaum und las die Nachricht.

6. Juni

Liebe Ruby,
heute wird im Laden bei Miss Mattie die Hölle los sein. Ich kann es kaum erwarten, dich zu sehen, auch wenn wir keine Zeit haben werden, zusammen einen Yoo-Hoo zu trinken, wie wir es sonst immer tun. Ich bin schon gespannt auf Neuigkeiten von Ivy, Bemmie und Bess.

Liebe Grüße
deine Lieblings- (und einzige) Großmutter
Miss Eula

Klar, Ruby hatte Neuigkeiten. Sie konnte es kaum abwarten, ihrer Großmutter zu erzählen, was geschehen war. Miss Eula, wie sie hier in der Stadt von allen angesprochen wurde. Ruby hatte sich ebenfalls dafür entschieden, sie so zu nennen … Alle Neuigkeiten also standen in dem Brief, den sie soeben in dem Loch versteckt hatte. Sie würde Miss Eula Bescheid sagen, dass dort ein Brief auf sie wartete.

Ruby spazierte an der Rückseite der Post und an Doc MacRee's Büro vorbei. Jawohl, Sir! Und was für Neuigkeiten sie hatte! Sie war mächtig stolz und kam sich ganz wichtig vor. Vergnügt schlenderte sie durch den Hintereingang von Miss Mattie Perkins Gemischtwarenhandlung.

6. Juni

Liebe Miss Eula,
was für ein toller Tag! Ivy hat drei Eier gelegt! Ich kann es kaum glauben! Bemmie ist ganz eifersüchtig! Sie läuft gluckend überall herum. Ivy ist vor dem Hackklotz gerettet worden UND sie wird eigene Küken haben! Wann hast du heute Feierabend, damit wir gemeinsam die Hühner besuchen können? Die Eier sind braun.

Liebe Grüße
deine Lieblings- (und einzige) Enkelin
Ruby L.

2

Miss Mattie Perkins Laden war voll gestopft mit allen leckeren und nützlichen Dingen, die man sich nur denken konnte. Es gab große Fässer voller Kaffeebohnen und Cracker. Auf niedrigen Holztischen stapelten sich Arbeitskleidung und -stiefel und Handschuhe. Ein mit hausgemachter Butter, frischen Eiern und Limonade prall gefülltes, großes Kühlregal summte den ganzen Tag leise vor sich hin.

Miss Mattie sah Ruby durch die Tür kommen. „Du kommst gerade recht! Komm hierher, Kind, und hilf mir mit dieser Schachtel.“ Miss Mattie mühte sich hinten im Lager mit einer Leiter ab. Sie wollte einen Schuhkarton vom obersten Regalbrett herunterholen.

Ruby sah sich nach Miss Eula um, konnte sie aber nirgends entdecken. Sie lächelte Miss Mattie matt an. „Soll ich dir die Schuhe runterholen, Miss Mattie?“

„Damit würdest du mir einen großen Dienst erweisen“, erwiderte Miss Mattie.

Ruby kletterte die Leiter hoch und schnappte sich die Schachtel.

Miss Mattie strich die Vorderseite ihres Kleides glatt. „Ich habe Eula gesagt, dass sie nach der Post sehen soll." Sie strich sich über ihr krauses Haar. Ruby reichte ihr die Schuhschachtel und stieg die Leiter wieder hinab.

In dem Augenblick, in dem Miss Mattie die Schachtel entgegennahm, ertönte plötzlich das Lachen von Kindern und ein *pling-pling-pling*. Miss Mattie hielt abrupt inne. Irgendetwas kullerte über die Holzdielen. „Was ist denn das?" Sie griff nach einem Besen. „Ach, du grüne Neune! Diese Latham-Kinder spielen mit den Kaffeebohnen herum. Wir haben hier so viele Kunden, dass wir nicht auf alle ein Auge haben können. Ich habe Eula doch *gesagt,* sie soll sich beeilen." Sie drückte Ruby die Schuhschachtel in die Hände. „Hier, komm hilf mir mit den Schuhen – sie sind für Leila Latham. Sie wartet schon seit zehn Minuten und ihre Kinder geben keine Ruhe. Du bedienst sie. So hast du wenigstens was zu tun, bis Eula kommt."

Ruby rutschte das Herz in die Hose. Sie fummelte an der Schachtel herum, dann fiel sie ihr aus den Händen. „Aber Miss Mattie … Ich kann nicht …" Ruby wollte ihre Tante umstimmen, aber Miss Mattie hatte den Laden schon halb durchquert. Sie schwenkte den Besen und erteilte lautstark Befehle. Ruby ließ die Schultern hängen. Sie hob die Schachtel auf, holte tief Luft und ging nach vorn in den Laden, der von köstlichen warmen Düften erfüllt war. Mit jedem Schritt sank ihr Mut noch mehr, doch sie klammerte sich an ihre wichtige Neuigkeit und hoffte, Miss Eula würde auch im Astloch nach der Post sehen.

Leila Latham schien die Aufregung um das Kaffeebohnenfass gar nicht zu bemerken. Sie war in ein Gespräch mit Mr Harvey Popham vertieft. Ruby näherte sich langsam Mrs Latham und hoffte mit jedem Atemzug, diese würde vielleicht aufstehen und das Geschäft verlassen. Aber nichts davon geschah. Es kam sogar noch schlimmer: Als Ruby näher kam, ließ sich Mrs Lathams älteste Tochter Melba Jane auf den Stuhl neben ihrer Mutter fallen und lächelte Ruby an – mit einem zuckersüßen Lächeln, das aber, kaum dass sie ihren Rock glatt gestrichen hatte, sofort wieder verschwand.

Melba hatte ungefähr sieben bunte Bänder aus glänzendem Satin in ihrem glatten braunen Haar und vermutlich unzählige Nägel an der Unterseite ihrer harten Schuhsohlen. Jetzt klopfte sie mit den Schuhen *tapp-tapp-tapp* auf die Holzdielen und starrte Ruby finster an. Rubys Finger, die die Schuhschachtel umklammerten, wurden eiskalt, und sie schluckte.

Mrs Lathams Stimme war sanft wie ein Glockenspiel im Wind. „Na, wie geht's dir, Ruby?"

„Gut." Mrs Latham lächelte und Ruby lockerte ihren Griff um den Schuhkarton. „Hier sind Ihre Schuhe." Sie versuchte ebenfalls zu lächeln, als sie Mrs Latham die Schachtel hinhielt. Melba Janes Füße machten unentwegt *tapp-tapp-tapp* und sie glotzte Ruby noch immer an.

„Hilfst du mir beim Anprobieren, ja?" Melbas Mutter nahm die Unterhaltung mit Mr Harvey wieder auf, so als wäre nichts Ungewöhnliches vorgefallen, als hätte sie seit dem Unfall im letzten Sommer jeden Tag mit Ruby geplaudert. Ruby kniete nieder, öffnete die Schachtel und begann, die Schnürsenkel der neuen Schuhe durch die Ösen zu ziehen. Sie spürte Melbas Blick und horchte auf das *tapp-tapp-tapp*, das immer lauter und schneller wurde, bis sie es schließlich nicht mehr ertragen konnte.

„Was hast du denn, Melba Jane?", fragte Ruby.

Auf Melbas Gesicht breitete sich ein Grinsen aus. Sie rutschte tiefer auf ihrem Stuhl, sodass die flachen Absätze ihrer Schuhe den Fußboden berührten, *ta-tapp-ta-tippeti-tapp*. Die Schultern zog sie bis zu den Ohren hoch.

„Gluck!", machte sie leise. „Gluck-gluck-gluck!"

Rubys Gesicht glühte. „Hör auf, Melba Jane."

Melba Jane rutschte mit einem letzten *tapp-tapp-plumps* vollends von dem Stuhl herunter und hockte sich auf den Boden. Die Hände an den Achselhöhlen schlug sie mit den Ellbogen wie ein Huhn mit den Flügeln.

Sie warf Ruby einen doofen, feixenden Blick zu. „Gack! Gack-gack-gack!"

„Sei still!" Ruby sprang auf. „Sei bloß still!"

Erschrocken unterbrach Mrs Latham ihr Gespräch mit Mr Harvey. „Was ist los?"

Miss Mattie hatte sich inzwischen die anderen Latham-Kinder geschnappt und bot ihre ganze Kraft auf, um sie zur Ladentür hinauszubugsieren. Dann wandte sie sich abrupt Ruby und Melba Jane zu.

Melba zog hastig die Augenbrauen hoch. Sie formte mit den Lippen ein „O", um Angst vorzutäuschen, und wich mit kleinen Schritten vor Ruby zurück. Sie bewegte die Ellbogen auf und ab und steigerte sich richtig in ihr Spiel

hinein. Dann hielt sie plötzlich inne, reckte das Kinn vor und zischte Ruby an: „Dummes Küken!“
Ruby fletschte die Zähne, hielt die Arme über den Kopf und formte ihre Hände zu Krallen. „Aaarrrggghhh!“, machte sie und stürzte sich auf Melba Jane.
Melba sah entsetzt und zugleich überrascht aus. Einen Augenblick später schrie sie: *„Mamaaa!“ Tapp-tapp-tapp-tapp-tapp-tapp-tapp!* Sie rannte zur Tür hinaus und prallte dabei mit voller Wucht gegen Miss Mattie. Miss Mattie wirbelte herum wie ein Kreisel, als Melba Jane sich am Eingang durch die Schar ihrer Brüder und Schwestern kämpfte und die meisten von ihnen beiseite fegte. Ruby war Melba dicht auf den Fersen und streckte ihre Krallenhände nach ihr aus. Die Kinder kreischten. Miss Mattie hielt sich am Kleiderständer fest.
Ruby erreichte die Tür und hätte beinahe die Latham-Kinder umgerannt. Stattdessen aber stieß sie mit Miss Eula zusammen, die mit einem Stapel Post in den Händen den Laden betrat.

3

„Hoppla!" Miss Eula umklammerte Ruby und zusammen fielen sie auf die Kinder vor der Ladentür. Briefe und Kinder flogen über die Dielen des Vorbaus. Melba Jane rannte noch immer schreiend den Gehweg entlang. Leila Lathams Kinder rappelten sich auf und sammelten die Briefe ein.

„Eula?" Miss Mattie ließ den Kleiderständer los und strich sich übers Haar.

„Alles in Ordnung, Mattie? Ruby?"

„Ja, Madam."

Die kleineren Kinder waren etwas benommen, beruhigten sich aber schließlich wieder. Eines von ihnen reichte Miss Eula die Briefe.

„Danke, mein Schatz." Sie fuchtelte mit den Briefen herum. „Keine Päckchen mit Hemdknöpfen heute, aber dafür eine Kiste mit Gartenwerkzeugen, die darauf wartet, von einem starken Menschen hinübergetragen zu werden. Was geht hier eigentlich vor?"

„Keine Ahnung – aber ich werde es schon noch herausfinden", sagte Miss Mattie drohend, strich ihr Kleid glatt und riss sich zusammen. Kunden drängten sich vor der Ladentür, um zu sehen, was passiert war. „Meine Güte! Das ist doch kein Zirkus hier!“, sagte Miss Mattie. Die Leute zerstreuten sich, und wenige Augenblicke später ging im Geschäft alles wieder seinen gewohnten Gang. Mrs Latham, die ihre Kinder wieder eingesammelt hatte, flüsterte Miss Mattie etwas zu und verschwand zur Tür hinaus, ihrer Tochter Melba folgend.

Ruby verdrückte sich in Richtung Gehweg.

„Du kommst sofort zurück, Fräulein!“, rief Miss Mattie, „wir haben noch ein Hühnchen miteinander zu rupfen!“ Ihre Augen glühten.

„Na komm, Mattie“, sagte Miss Eula und klopfte sich den Staub von den Kleidern. „Ist ja nichts passiert. Du weißt doch genauso gut wie ich, dass diese Latham-Kinder nicht zu bändigen sind!“

Miss Mattie drohte Ruby mit dem Finger. Dann fischte sie ein Taschentuch aus ihrer Schürzentasche und wischte sich den Schweiß von der Stirn. „Ich weiß, Leila hat alle Hände voll zu tun, seit ihr Lionel tot ist. Ich kann es gar nicht mit ansehen. Aber irgendjemand sollte mal mit ihr über die Kinder sprechen.“

„Gewiss. Aber es ist wohl nicht ratsam, dass *wir* das tun.“ Miss Mattie steckte ihr Taschentuch wieder in die Schürzentasche und sah Miss Eula in die Augen. „Ich brauche Hilfe.“ Sie ging in den Laden hinein und die Tür schlug hinter ihr zu.

Miss Eula setzte sich neben Ruby auf den Treppenabsatz. Ruby wandte sich ihr zu und breitete die Arme aus.

„Melba hat sich über mich und die Hühner lustig gemacht! Sie hat wie ein Huhn gegackert! Und sie hat mich ‚dummes Küken' genannt!" Sie blickte Miss Eula erwartungsvoll an.

Miss Eula starrte geradeaus ins Leere. „Es ist so heiß, dass man den Staub herumfliegen hört."

„Was soll ich nur mit Melba machen?", fragte Ruby. Sie blies sich ein paar rote Haarsträhnen aus dem Gesicht und sog geräuschvoll die Luft ein.

Miss Eula sah sie mitfühlend an. „Ich weiß es nicht, meine Kleine. Ich wünschte, ich wüsste es. Sie will, dass du dich genauso mies fühlst wie sie, das ist alles. Behandle sie einfach wie Luft. Verbanne sie aus deinen Gedanken …"

„Du hättest sie hören sollen! ‚Gack-gack-gack!' – vor mir und allen Leuten im Laden!"

Ein Geißblattstrauch rankte sich um das Geländer des Vorbaus.

Miss Eula pflückte eine Blüte und gab sie Ruby. Ruby zerdrückte den Stängel und kostete mit der Zunge einen hervorquellenden Tropfen Nektar. Miss Eula brach ein paar dünne Zweige des Geißblatts ab und flocht sie mit Blättern und Knospen zu einem Kranz.

„Weißt du, Ruby", sagte sie, „Melba gibt zwar vor, mutig zu sein, aber insgeheim hat sie Angst. Du hast ja gesehen, wie schnell sie von hier abgehauen ist. Überleg dir doch mal, wie ihr und ihrer Familie zu Mute sein muss, seit ihr Vater tot ist. So viele Kinder, und sie ist die Älteste. Stell dir vor, mit neun Jahren die Älteste von sechs Geschwistern zu sein! Und ihre Mama ist jetzt mehr denn je auf sie angewiesen." Miss Eula setzte Ruby den Geißblattkranz auf den Kopf. „Arme Melba."

„Arme Melba!" Ruby sprang mit einem Satz von den Stufen auf. Der Kranz rutschte ihr vom Kopf, doch sie fing ihn auf. „Arme *Ruby*!"

Ein Brief glitt aus Miss Eulas Schoß auf die Treppenstufe. Sie hob ihn auf und wechselte das Thema. „Ruby, das hätte ich fast vergessen. Ich habe hier einen tollen Brief von deinem Onkel Johnson und deiner Tante Annette." Sie wedelte mit einem Luftpostbrief. Auf dem Poststempel stand „Hawaii" und „Honolulu".

„Ach ja, Miss Eula!", sagte Ruby, die Bemerkung ihrer Großmutter ignorierend. „Beinahe hätte ich *meine* tolle Nachricht vergessen. Du wirst es nicht glauben." Sie drückte sich den Kranz fest auf den Kopf, damit er nicht herunterrutschte. Dadurch duftete ihr ganzer Haarschopf nach Blumen.

Miss Eula lächelte und steckte Johnsons Brief in ihre Schürzentasche. „Oh doch, mein Schatz, ich habe deine Post nämlich schon gelesen."

„Was, du weißt es schon! Okay, ich habe gehofft, dass du *alle* deine Briefe holen würdest."

„Das habe ich getan, und ich habe auch einige für dich in der Baumwurzel zurückgelassen."

„Ist das nicht großartig! Ivy wird Mutter!"

„Wirklich eine tolle Überraschung, Ruby! Sobald ich diesen anstrengenden Tag hinter mich gebracht habe, statten wir den Hühnern gemeinsam einen Besuch ab. Was hältst du davon?"

„Ja, ja, ja!" Rubys Herz machte einen Satz. „Ich hole jetzt gleich meine Post."
Miss Eula griff in ihre Schürzentasche. „Hier hast du ein Zitronenbonbon, dafür, dass du Miss Mattie hilfst. Sie weiß deine Hilfe sehr zu schätzen, mein Kleines."
„Von wegen", entgegnete Ruby. Sie steckte sich das Bonbon schnell in den Mund und sagte, während das Bonbon an ihren Zähnen klackerte: „Miss Mattie ist eine blöde Kuh."
„Sie hat eben viel am Hals, Schätzchen. Als dein Opa starb, verlor sie ihren Bruder … Jetzt trägt sie die ganze Verantwortung für das Geschäft."
Ruby verschluckte sich, als sie das Thema wechseln wollte. Miss Eula klopfte ihr auf den Rücken. Ruby hustete das Zitronenbonbon in ihre Hand und schob es gleich wieder in den Mund. Sie wischte sich die klebrigen Finger an ihrer Latzhose ab. Dann verzog sie das Gesicht wegen des sauren Geschmacks und murmelte: „Ich habe Miss Mattie noch nie lachen sehen."
Miss Eula schmunzelte. „Oh, sie lacht schon gelegentlich. Aber sie ist eben so, wie sie ist. Genau wie Melba Jane. Sind wir das nicht alle? Geh jetzt nach Hause. Deine Mutter wartet sicher schon mit dem Abendessen."
Ruby schob den linken Träger ihrer Hose hoch und spazierte im goldgelben Sonnenschein des Spätnachmittags davon. Die Gebäudefronten der Geschäfte warfen lange Schatten und die Luft war voller Staub. Das süße Aroma des Zitronenbonbons überlagerte jetzt den bitteren Geschmack.

Opa Garnet hatte Zitronenbonbons geliebt. Er hatte Ruby erklärt, dass die meisten Menschen wie Zitronenbonbons seien, gleichzeitig süß und sauer. Sie konnte das nicht verstehen. Die Geschichte der Rettung von Ivy, Bemmie und Bess hätte Opa Garnet sicherlich gefallen. Und jetzt legte Ivy sogar Eier! Was für großartige Neuigkeiten! Es war so schön, dieses Wissen mit jemandem zu teilen. Und dafür gab es keine bessere Freundin als Miss Eula.

6. Juni

Liebe Ruby,
das sind ja aufregende Neuigkeiten von Ivy!
Ich bin froh, dass wir uns entschieden haben, den Hennen das alte Gewächshaus als Stall zu überlassen. Für die Küken ist das, mit all den Fenstern, ein wunderbares Zuhause!
Treffen wir uns um sechs Uhr – das ist eine Glücksstunde – beim Pink Palace. Ich werde im Ofen ein paar Erdnüsse rösten.
Aber ZUERST werden wir uns um Ivy kümmern.
Ein großartiges Mädchen! Genau wie du.
Auch ich habe GROSSE NEUIGKEITEN für dich.
Lass dich überraschen! Ich erzähle es dir heute Abend.

Alles Liebe
deine (für heute ziemlich müde) Großmutter
Miss Eula

4

Ruby steckte den rosa Brief in die Tasche ihres Hosenanzugs und rannte nach Hause. Als sie durch die Hintertür stürmte, roch sie die ersten gedünsteten Tomaten dieses Sommers, die auf dem Herd köchelten. Zucchini lagen ausgebreitet auf der Arbeitsplatte, neben den Notizen, die sich ihre Mutter im Garten gemacht hatte. Ganz oben auf der ersten Seite stand fein säuberlich geschrieben: „Zucchini-Abenteuer“. Ruby wusch sich das Gesicht und die Hände und stelzte, immer noch erhitzt, zum Tisch hinüber.

„Du bist’s! Schön, dass du noch lebst. Hübscher Blumenhut.“ Rubys Mutter holte einen Korb mit heißen Brötchen und setzte sich hin. „Fast hätte ich mich auf die Suche nach dir gemacht.“

„Ich habe den längeren Weg genommen.“ Ruby ließ sich auf einen Stuhl fallen und legte ihren Kranz als Tafelschmuck in die Mitte des Tisches.

„Aha, wieder einmal den längeren Weg. Kein Wunder, dass du ganz außer Atem bist. Und was war nun das wichtige Ereignis, bei dem es um Leben und Tod ging?“

Ruby beugte sich freudestrahlend über den Tisch. „Ivy hat drei Eier gelegt!"
„Was du nicht sagst!"
„Doch, wirklich!" Ruby nahm sich Brötchen und anschließend Maispüree, gebratene Zucchini und ein Stück Kartoffelpastete. „Wir dachten, die Hennen sind schon viel zu alt zum Legen, aber Ivy hat sich was anderes ausgedacht. Ich kann es kaum erwarten, ihre Küken zu sehen."
„Du glaubst doch wohl nicht, dass es Küken geben wird!" Rubys Mutter goss süßen Tee in zwei hohe Gläser und gab Eiswürfel dazu.
„Aber klar gibt es Küken. Erinnerst du dich an Herman, den Hahn vom Butterfield-Hof nebenan? Wir haben ihn immer aus unserem Hühnerhof verscheucht, bis die Butterfields ihr Gatter anbrachten. Er muss darüber geflogen sein, jedenfalls wird der alte Herman jetzt Papa."
Ruby bestrich ein paar Brötchen mit Butter, zwei für ihre Mutter und drei für sich. Ihre Mutter legte die Ellbogen auf den Tisch und stützte das Kinn in die Hände. „Tja, so geht das Leben immer weiter."
„So was Ähnliches hast du letzte Woche nach der Kirche zu Miss Eula gesagt."
„Ich habe es von ihr gelernt und sie nur daran erinnert. Dieses Jahr war sehr schwer für sie."
Rubys Herzschlag setzte eine Sekunde lang aus, und sie sagte hastig: „Aber es ist ein ganzes Jahr her." Sie schob ihrer Mutter ein Brötchen hin. „Jetzt geht es Miss Eula gut. Sehr gut sogar." Ruby biss herzhaft in ihr Brötchen.

„Manche Verluste hinterlassen tiefe Wunden, Ruby. Es tut sehr weh, jemanden, den man über alles liebt, zu verlieren, besonders wenn man diesen Menschen so gut gekannt hat wie Miss Eula deinen Großvater."

Ruby wechselte das Thema und verkündete mit vollem Mund: „Ich habe es heute auch schwer gehabt." Krümel fielen auf ihre Latzhose und Butter lief an ihrem Kinn hinunter.

„Erzähl."

Ruby machte den Mund leer, hielt einen ihrer sommersprossigen Finger hoch und sagte: „Melba Jane hat mich in Miss Matties Geschäft geärgert. Sie hat sich über mich lustig gemacht und ein Huhn nachgemacht … Dann hat sie mich sogar dummes Küken genannt …"

„Mein Gott! Und was geschah dann?"

Ruby trank einen kräftigen Schluck Eistee und wischte sich das ganze Gesicht mit der Serviette ab. „Ich bin ihr nachgerannt."

„Ruby!"

„Aber ich habe ihr nichts getan, sie ist mir entwischt."

Rubys Mutter öffnete den Mund, um etwas zu sagen, dann schloss sie ihn wieder. Sie streckte den Arm aus und nahm Rubys Kinn sanft in die gewölbte Handfläche. „Was soll ich nur mit dir machen?"

Ruby versuchte zu grinsen. „Mich lieb haben."

„Das tu ich doch." Rubys Mutter lehnte sich zurück und nahm ihr Glas mit Tee. Sie schwenkte es in der Hand. Die Eiswürfel klirrten gegen das Glas. Die Uhr auf dem Kaminsims im Wohnzimmer machte unablässig *tick-tack-*

tick-tack, und für einen Augenblick dehnte sich die Zeit wie eine Ewigkeit aus. Ruby dachte daran, wie sie und ihr Großvater die Uhr immer zusammen aufgezogen hatten, Woche für Woche. Seufzend stieß sie hervor: „Opa Garnet fehlt mir."

„Mir auch, mein Engelchen. Ich glaube, mein Vater wird mir immer fehlen. Er liebte uns über alles, was?"

Ruby schwelgte in Erinnerungen. „Er hat mir immer die erste Kugel Eis gegeben, wenn wir uns welches machten."

„Er hat mir beigebracht, zu pfeifen und Poker zu spielen."

„Miss Eula sagt, sie hat mit ihm Strip-Poker gespielt."

„Ruby!"

„Wieso, sie hat es gesagt …"

Rubys Mutter lachte. „Ich glaub's dir."

Ruby seufzte. „Er hätte Ivy, Bemmie und Bess gern gehabt."

„Bestimmt. Es ist schön, dass sein Gewächshaus in diesem Sommer Verwendung findet."

„Mensch! Ich hab's ganz vergessen, ich muss sofort los!" Ruby fiel fast von ihrem Stuhl. „Miss Eula und ich besuchen heute Abend die Hühner und gucken uns Ivys Eier an. Und Miss Eula hat große Neuigkeiten für mich!"

Rubys Mutter stand auf. „Na, dann nimm ihr einen Teller mit. Sie isst meine Kartoffelpastete so gerne … und selber kocht sie sich ja doch nichts." Sie folgte Ruby zum Spülbecken und küsste sie auf den Haarschopf. „Sei aber zu Hause, bevor es dunkel wird. Und keine Überfälle mehr auf irgendwelche Hühnerfarmen."

Der Pink Palace leuchtete lila in der frühen Abendsonne. Große alte Hortensien – Ruby nannte sie Schneeballbüsche – säumten den vorderen Eingang. Opa Garnet hatte sie gepflanzt, bevor Ruby geboren wurde. Er war der Gärtner in der Familie. „Von ihm hat deine Mama die Liebe zu den Pflanzen geerbt", hatte Miss Eula Ruby erzählt. „Kein Wunder, dass sie sich so gut mit Blumen und Gemüse auskennt. Sie hat nachts in der Erde gebuddelt, noch bevor sie sprechen konnte!"

Ruby erinnerte sich, dass sie und ihr Großvater dasselbe gemacht hatten. Er hatte ihr erklärt, dass das Korn am größten wird, wenn man es bei Neumond sät. Und er hatte ihr den Rat gegeben, die Samen ihrer Mondwinden in Wasser einzuweichen, bevor sie sie aussäte. Jedes Jahr setzten sie gemeinsam Zinnien, Ringelblumen, Hahnenfuß und Geranien, doch dieses Jahr hatte niemand etwas gepflanzt. Es gab aber Pflanzen, die jedes Jahr wieder neu wuchsen. Sie entfalteten ihre Knospen im Vorgarten, neben und hinter dem Haus, einfach überall. Es gab Blumenbeete voller Malven, Melisse, Eisenkraut, Pfefferminze und auch Sonnenhut, der Lieblingsblume des Großvaters. Ruby pflückte einen Sonnenhutstängel und steckte ihn sich hinters Ohr.

Ruby und Miss Eula hatten das Gewächshaus letzten Sommer, nach Opa Garnets Tod, in grellem Rosa angestrichen. Miss Eula sagte, es sei ein „neuer Lebensabschnitt".

Ein neuer Lebensabschnitt. Ruby hatte ein komisches Gefühl beim Anstreichen des Hauses. Einmal alberten sie herum und bespritzten sich unter Gelächter und Geschrei gegenseitig mit Farbe. Außerdem erzählten sie einander Geschichten von sich selbst und Opa Garnet. Wäre er dabei gewesen, hätte er den beiden Malerinnen Anweisungen gegeben. „Hier ein bisschen mehr Farbe! Dort habt ihr eine Stelle übersehen!“ Zum Mittagessen hätte er ihnen Tomaten-Sandwiches gemacht. Und er hätte Fotos geknipst.

Aber er war nicht da. Sie machten es ganz allein, ohne Publikum, außer den neugierigen Nachbarn, die extra langsam am Haus vorbeifuhren oder verstohlen hinter ihren Jalousien hervorspähten. Miss Eula hatte ihnen allen mit ihrem Pinsel zugewinkt.

Ruby schob die Erinnerungen beiseite. Sie stand auf und zog den linken Träger ihrer Latzhose hoch. Sie und Miss Eula hatten einen Brauch. Jeden Abend stand Ruby vor dem Pink Palace, stemmte die Hände in die Hüften und legte den Kopf zurück. Sie blickte in den abendlichen Sommerhimmel und rief: „Oh Miss Euuuuuuulaaaaaa! Kommst du raus und spielst mit mir?“

Und Miss Eula kam.

5

„Jetzt wollen wir mal sehen." Ruby beugte sich weit über Miss Eulas Küchentisch, vor ihr lag ausgebreitet ein altes Tierbuch. „Einundzwanzig Tage vom Ei bis zum fertigen Küken. Und das bedeutet, wir müssten noch im Juni die Küken haben!"

„Also. Heute gelegt heißt, Küken am ..." Miss Eula zählte ihre Finger ab. „... 27. Juni. Oder vielleicht am 26., je nachdem, zu welcher Zeit genau diese Eier gelegt wurden. So oder so, es ist auf jeden Fall ein Glückstag."

In der Küche roch es nach Erdnussbutter und der Tisch war mit Erdnussschalen übersät. Zwischen den Schalen standen zwei leere Orangensaftflaschen und eine Vase voller Sonnenhutblüten. Der Deckenventilator summte und verteilte die heiße Luft im Zimmer. Miss Eula trug einen der langen, wallenden Hawaii-Röcke, die sie von ihrem Sohn Johnson im Lauf der Jahre zugeschickt bekommen hatte. Der Rock war mit violetten Blumen bedruckt.

Ruby lehnte sich lächelnd auf dem Stuhl zurück. „Ivy ist echt glücklich."

„Stimmt“, pflichtete ihr Miss Eula bei. „Und findest du’s nicht verrückt, wie eifersüchtig Bemmie auf sie ist? Ständig gackert sie, als wollte sie sagen: ‚Lass mich mal sehen, lass mich mal sehen!‘“

„Verrätst du mir jetzt die große Überraschung, von der du in deinem Brief erzählt hast?“

„Ja, klar. Komm Ruby, machen wir einen Spaziergang zur Wiese hinter dem Haus. Das ist genau der richtige Ort für meine Überraschung. Ich bringe die Steppdecke und den Softball mit und du die Handschuhe. Es ist noch hell genug zum Spielen.“

„Ja, Madam!“ Ruby schnappte sich die Schlapphüte, die an der Hintertür hingen, setzte sich einen davon auf und gab Miss Eula den anderen. „Ich bin neugierig auf Neuigkeiten. Ich kann’s kaum erwarten, was wir als Nächstes machen.“

In der blühenden Wiese summte, surrte und brummte es. Ruby und Miss Eula schlenderten durch das Gras. Sie hielten sich an den Händen und lauschten den Insekten. Die Sonne spendete ihre letzten Strahlen. Gleichzeitig ging schon der Mond auf – ein Halbmond von der Farbe alter Zähne. „Da sind wir“, sagte Miss Eula. „Wie nett von der Weide, dass sie diesen Platz für uns freihält.“

Unter dem Baum, ganz in der Nähe des Baches, breiteten sie die Patchworkdecke aus. Warmes violettes Licht hüllte sie ein.

„Ich mag diese Decke“, sagte Miss Eula. „Es sind so viele schöne Erinnerungen mit ihr verbunden, stimmt’s?“

Ruby strich eine Ecke glatt. „Ja Madam, das stimmt." Die Decke war aus den verschiedenen Stoffen abgelegter Kleider zusammengestückelt, die ein sternförmiges Muster bildeten: Rubys alte Latzhose, ihre roten Shorts und ihre Blusen, auch ihre Babydecke. Miss Eulas kunterbunte Schürzen waren ebenfalls verarbeitet und zwei Alltagskleider und ein paar gestreifte Geschirrtücher. Opa Garnet hatte für die Ecken sein Lieblingsflanellhemd rausgerückt. Zwischen den Ecken verlief ringsum ein rosa Streifen aus alten Bettlaken. Ruby und Miss Eula hatten die Decke eigenhändig zusammengenäht – ein wahres Meisterwerk.

Ruby legte den Ball und die Handschuhe neben den Baumstamm und ließ sich auf die Decke nieder. Eine leichte Brise kam auf. Miss Eula schlüpfte aus den Schuhen und setzte sich neben Ruby. Ihr Hawaii-Rock legte sich wallend um sie herum, und sie sah aus wie die Knospe einer riesigen Blume. Ein Leuchtkäfer flog vorbei und Miss Eula streckte ihre knochige Hand aus, um ihn zu fangen.

„Sieh mal, Miss Ruby, was wir da haben."

Den ersten Leuchtkäfer! Miss Eula gab ihn Ruby, die ihn zwischen ihre gewölbten Handflächen hielt. Sie sagte ein Gedicht auf, das Opa Garnet ihr beigebracht hatte:

Oh kleiner Leuchtkäfer!
Du bist der Erste, du bist das Licht,
Dir folgen wir treu, verlassen dich nicht,
Flieg davon in die Freiheit so fern!

Wir folgen mit ehrlichem Herzen dir gern
am Rande des Flusses, im Gras voller Mohn,
dem Ort, wo unsere Seelen schweben davon …

Ruby öffnete die Handflächen und hob sie nach oben. Der Käfer leuchtete kurz und flog in den immer dunkler werdenden Himmel. Dann leuchtete er noch einmal auf und verschwand.

„Ich glaube, das *ist* der erste Leuchtkäfer heute Abend." Miss Eulas Stimme zitterte und hörte sich an, als käme sie von weit her.

„Was ist los, Miss Eula?"

„Ach, mein Schatz, ich habe heute über dich, mich, deinen Großvater und deine Mama nachgedacht … über Johnson, meinen Sohn, und seine Annette … über das Leben und wie es einfach immer weitergeht."

„Mama sagt, das hat sie von dir gelernt. Dass das Leben immer weitergeht."

„Nun, ich musste es ihr sagen, vor langer Zeit, als ihr klar wurde, dass sie dich ganz allein aufziehen muss. Und sie hat weitergemacht, genau wie wir alle. Jetzt ist es für mich Zeit weiterzumachen. Und das werde ich auch tun."

„Was meinst du damit? Gehst du irgendwohin?" Ruby spürte ein Kribbeln an den Schultern.

„Ja, das tue ich, mein Schatz." Miss Eulas Stimme klang gepresst. „Das tue ich."

Ruby blinzelte. „Wohin? Wohin gehst du?"

„Ich mache eine Reise, kleine Ruby. Ich besuche Johnson und Annette auf Hawaii."

„Hawaii!“ Ruby stockte der Atem. „Wann? Warum?“

„Übermorgen“, antwortete Miss Eula, nun wieder mit fester Stimme. „Erinnerst du dich an den Brief, den ich dir in Miss Matties Geschäft gezeigt habe? Auf Hawaii gibt es große Neuigkeiten, Ruby. Johnson und Annette haben ein Baby bekommen! Sie haben es geheim gehalten, es sollte eine Überraschung sein. Und sie haben mich eingeladen, zu ihnen nach Hawaii zu kommen. Ich mache eine Reise. Sie haben mir mit dem Brief ein Flugticket mitgeschickt.“

Ruby hatte das Gefühl, als würde die Erde sie verschlingen. „Großmutter!“ Sie rappelte sich auf.

„Ruby, es ist alles in Ordnung, hör mir mal zu …“

„Nein! Du kannst nicht weggehen!“

„Ich gehe doch nicht für immer weg, Ruby.“

Ruby war erleichtert. „Welches Datum für die Rückreise steht auf dem Ticket?“

„Es ist ein Hin- und Rückflug-Ticket nach Hawaii, ohne festen Termin für die Rückreise. Das heißt, ich kann selber bestimmen, wann ich zurückkomme.“

„Das heißt, du kommst vielleicht überhaupt nicht mehr zurück!“

Ruby kehrte Miss Eula den Rücken zu und verpasste ihrem Fanghandschuh einen heftigen Tritt. Sie spürte ein Stechen in der Nase, wie immer, wenn sie den Tränen nahe war.

„Ich will nicht, dass du gehst! Das kannst du nicht machen! Du kannst mich nicht ganz allein mit dieser strengen Miss Mattie und ihrem Laden und dann noch mit dieser schrecklichen Melba Jane hier zurücklassen!" Ruby unterdrückte ihre Tränen, aber ihre Schultern zitterten. Miss Eula stand auf und wollte sie umarmen, doch Ruby wich zwei Schritte zurück. Ein Weidenzweig streifte ihr Gesicht und sie schob ihn beiseite.

„Bitte geh nicht weg. Ich brauche dich doch hier."

„Ich muss gehen, Ruby. Weil es gut für mich ist. *Und* auch für dich. Ich brauche eine Veränderung. Ich will sehen, wie das Leben weitergeht, und dann komme ich zurück zu dir und deiner Mama und meinem Zuhause."

Ruby schniefte und rieb sich die Augen. „Du wirst dort drüben alles von hier vergessen und dich nicht mehr an mich erinnern! Du hast jetzt ein neues Enkelkind. Ich kann es gar nicht glauben, dass du Mama noch nichts davon gesagt hast."

„Ich wollte es zuerst dir erzählen, mein Schatz. Ich habe Johnsons Brief erst heute Nachmittag gelesen und war von der Nachricht genauso überrascht wie du. Ich hatte keine Ahnung …"

„Wieso schickt Onkel Johnson dir *jetzt* ein Ticket? Letzten Sommer ist *er* ja auch nicht gekommen, zur … na ja, du weißt schon …"

Ruby verstummte.

„Johnson hat vor kurzem seine ersten Bilder verkauft, Ruby. Deshalb hat er erst jetzt genug Geld übrig, um entweder selbst hierher zu fliegen oder mir den Flug dorthin zu bezahlen. Weißt du, er bedauert es sehr, dass er letzten Sommer nicht zu Garnets Beerdigung kommen konnte. Auch ich war sehr traurig darüber."

Ruby sank immer tiefer in die Decke. „Wie heißt das neue Enkelkind?“
„Sie hat noch keinen Namen. Aber ganz bestimmt wird sie nicht Ruby heißen, sie wird nicht wie du sein und sie wird niemals deinen Platz einnehmen.“
„Trotzdem wirst du sie gern haben.“
Miss Eula lachte und setzte sich neben Ruby. „Natürlich werde ich das! Ich liebe sie! Aber ich liebe auch dich, ich bin sogar auf dich angewiesen. Wer kümmert sich denn sonst, solange ich weg bin, um Ivy, Bemmie und Bess? Und um die neuen Küken? Wer sammelt meine Post und hält den Pink Palace in Schuss? Niemand außer dir kann das tun.“
„Aber ich kann das nicht alles ganz alleine tun.“
„Freilich kannst du das. Deine Mama wird dir helfen und deine Freunde …“
„Meine Mama ist zu beschäftigt – sie hat gerade eine stressige Zucchinisaison! – und alle, mit denen ich befreundet bin, wohnen zu weit außerhalb der Stadt.“
„… und du wirst mir schreiben und mir erzählen, wie es Ivy geht. Und ich werde dir darüber schreiben, wie es in Hawaii ist. Wir werden genau dasselbe tun wie sonst auch.“
„Wer hindert mich dann daran, mich auf Melba Jane zu stürzen und ihr die Augen auszukratzen?“
Miss Eula lächelte. „Ich bin sicher, das schaffst du ganz gut allein.“
„Du sagst immer genau das Richtige über sie, sodass ich mich gleich besser fühle.“

„Das tue ich auch weiterhin, Ruby-Spatz. Und du wirst immer an meine Worte denken. Es wird wunderbar klappen."
Ruby legte sich auf die Seite und rollte sich zusammen. Sie vergrub das Gesicht in der frisch duftenden Decke. „Wann kommst du zurück?"
„Dann, wenn ich genügend Zeit mit Johnson, Annette und dem Baby verbracht habe. Dann, wenn ich ausgiebig über deinen Großvater gesprochen habe. Wenn ich ein wenig Abstand von den Erinnerungen an Garnet habe. Wenn neue Erinnerungen hinzugekommen sind."
„Wenn du ein wenig Abstand von mir hast."
Ruby streckte sich aus und spähte durch die Zweige des Weidenbaums. Der Mond warf sein schimmerndes Licht auf Miss Eula und Ruby und ließ sie wie aufleuchten. Es würde eine schöne Nacht werden. Miss Eula legte sich neben Ruby. Sie nahm Rubys Hand und sie lagen gemeinsam auf der Decke, atmeten gleichzeitig und waren ein Herz und eine Seele.
„Ich nehme dich mit, Ruby-Mädchen. In meinen Gedanken. Und du wirst in deinen Briefen zu mir kommen. Du schreibst mir doch, oder? Ich finde, du bist eine ziemlich gute Briefeschreiberin … für eine *Neunjährige*."
Ruby erwiderte mit brüchiger Stimme: „Du bist selber eine ziemlich gute Briefeschreiberin … für eine *Großmutter*."
Miss Eula drückte Rubys Hand. „Oh Miss Ruby Lavender, du machst mir das Herz schwer. Siehst du dort oben den Sternenhimmel? Wir sind wie die funkelnden Sterne,

Ruby. Wir werden unter demselben Himmel sein, egal an welchem Ort wir uns befinden. Denk immer daran."

Ruby erwiderte Miss Eulas Händedruck. Tränen liefen ihr die Wangen hinab und in die Ohren. Sie hielt Miss Eulas Hand und dachte an den einsamen und öden Sommer, der vor ihr lag.

6

„Ach du meine Güte!“, rief Miss Mattie genervt. „Man könnte meinen, wir verkaufen hier Tickets für eine Reise zum Mond!“

Miss Matties Geschäft war zugleich der Busbahnhof von Halleluia. Jeden Morgen um 6.45 Uhr hielt der Bus auf dem Weg nach Jackson vor dem Laden. Und jeden Abend um 8 Uhr kam er aus der Gegenrichtung wieder hier vorbei. An den meisten Tagen lag die Stadt noch in tiefem Schlummer, wenn der Bus vor dem Geschäft hielt. Heute aber nicht. Miss Mattie hatte den Laden geöffnet, „damit die Leute nicht auf die Straße laufen und überfahren werden“.

Ruby hockte in Miss Matties Laden auf einem Farbeimer hinter den Nägelsäcken. Von diesem Platz aus hörte und sah sie alles, was sich um sie herum abspielte. Ruby würde nicht auf die Straße gehen, so viel war sicher. Sie spähte zwischen den Acht-Penny- und Sechs-Penny-Säcken hindurch und entdeckte plötzlich Melba Jane mit ihrer Mutter und ihren fünf Geschwistern. Sie sprangen um das Haltestellen-Schild herum, das draußen am Lichtmast befestigt war. Die Kleinen zerrten sich gegenseitig herum und prügelten sich. Sie zankten sich wegen irgendwas. Melba Jane kehrte ihnen den Rücken zu und stürmte, *ta-tapp-ta-tippeti-tapp*, in Miss Matties Laden. Sie und Lorna Mullins, aus der Sechsten, die ebenfalls jederzeit für ein *Ta-tapp-ta-tippeti-tapp* zu haben war, steckten kichernd die Köpfe zusammen. Ruby sah, wie Lorna zwei Brezeln aus dem Cracker-Fass nahm und eine davon Melba Jane gab. Melba nahm die Brezel mit einem verschwörerischen Lächeln.

Miss Phoebe Tolbert stand draußen bei Miss Mattie. Sie duftete nach Veilchen – sie war von Kopf bis Fuß gepudert. Phoebe Tolbert, genannt „Knüller"-Phoebe, schrieb für die *Aurora Kreisnachrichten* eine Spalte mit dem Titel „Was ist los in Halleluia".

Miss Mattie sagte wütend: „Ich verstehe nicht, warum Sie es in der Zeitung bringen wollen, Phoebe. Die ganze Stadt ist hier versammelt, um das Spektakel mitanzusehen."

Miss Phoebe hob den Kopf und rümpfte die Nase. „Wir sind es unseren älteren Lesern, die heute nicht bei uns sein können, schuldig."

Miss Mattie schnaubte. „Die Einzigen, die heute nicht hier sind, sind die Toten auf dem Friedhof!"

Miss Eula fuhr mit ihrem großen Auto langsam die Hauptstraße hinauf. „Mattie!" Sie winkte aus dem offenen Wagenfenster und parkte das Auto auf dem Halteplatz des Busses. Rubys Mutter stieg aus und rief Miss Mattie zu: „Haben Sie Ruby gesehen? Wir können sie nirgends finden!"

„Noch nicht. Fahr das Auto weg, Eula! Sonst fährt der Bus es noch platt.“

Rubys Mutter öffnete den Kofferraum und lud die Taschen ihrer Mutter aus. „Na los, Mama. Ruby muss hier irgendwo sein. Ich parke das Auto für dich. Und du verabschiedest dich inzwischen von der Öffentlichkeit.“

Miss Eula stieg aus dem Wagen und schwang sich ihre große weiße Handtasche über den Arm. Sie trug ein beiges Kleid mit Knöpfen, einen Gürtel um die Taille, Strümpfe, weiße Schuhe und einen runden, beigen Hut. Und Handschuhe! Lippenstift! Ruby starrte sie an. Man könnte meinen, sie ginge in die Kirche!

Die Leute umringten Miss Eula und wünschten ihr eine gute Reise und eine wohlbehaltene Rückkehr. Sie baten sie, Johnson die besten Grüße auszurichten, das Baby stellvertretend für alle zu drücken und eine Ansichtskarte zu schicken.

„Der Bus!“, schrien zwei kleine Jungen, die auf der Straße standen. Ihre Mütter eilten zu ihnen und brachten sie wieder auf den Gehweg zurück. Rubys Mutter kam herbei, nachdem sie das Auto geparkt hatte. „Ich sehe sie nirgends.“

Miss Eula spähte über die Köpfe der Leute hinweg. „Sie sagte zu mir, sie werde nicht zur Bushaltestelle kommen und mir nicht Auf Wiedersehen sagen. Ich glaube, das hat sie wirklich ernst gemeint.“

Der große Bus bremste und fuhr spuckend und keuchend an den Straßenrand vor Miss Matties Laden. Er zog eine schwarze Abgasfahne hinter sich her. Der Fahrer öffnete die Tür und machte ein verdutztes Gesicht. „Was ist denn das hier? Eine Volksversammlung? Wer fährt alles nach Jackson mit?“

Miss Eula trat vor. „Nur ich.“

„Sie fährt zum Flughafen!“, ertönte ein dünnes Stimmchen. Es gehörte einem der Jungen, die auf der Straße gestanden hatten. „Sie fliegt mit einem Flugzeug! Sie geht nach Hawaii!“

Der Fahrer grinste über das ganze Gesicht. „Donnerwetter! Ist das eine Party hier!“ Er schob seinen Hut wieder auf den Kopf und öffnete die Klappen unten am Bus. Dann nahm er Miss Eulas Gepäck und verstaute es. Die frühe Morgensonne schien hell und warm. Das Licht ihrer Strahlen spiegelte sich an den Busfenstern.

Miss Eula wandte sich um. „Ich weiß, ihr werdet mich alle vermissen!“ Die Menge brach in lautes Gelächter aus. „Ich werde euch auf jeden Fall vermissen. Am meisten werde ich die vielen Nettigkeiten vermissen, die ihr mir im vergangenen Jahr erwiesen habt.“

Die Leute verstummten.

„Harvey Popham, so einen aufmerksamen Nachbarn wie dich wünscht sich jeder. Ich danke dir für deine Ratschläge und für deine vorzüglichen Wachsbohnen. Agnes Fellows, ich danke dir für all deine Besuche und dafür, dass du mit mir nach Jackson zum Chortreffen gefahren bist und mir beim Klavierspielen die Seiten umgeblättert hast. Begonia Jacobs, ich bin dir zu großem Dank verpflichtet, weil du mir immer erzählt hast, was ich nach Meinung meiner *Mitmenschen* im letzten Jahr hätte tun

sollen!“ Mrs Jacobs streckte Miss Eula lachend ihre Hände entgegen.
Plötzlich entdeckte Miss Eula Melbas Mutter. „Leila.“ Die Menge wurde ganz still. „Pass auf dich auf. Ich werde dich vermissen.“ Miss Eula warf ihr eine Kusshand zu, und Melbas Mutter fing sie mit der Hand auf und drückte sie lächelnd an die Wange. Melba beobachtete es. Dann drehte sie sich um und lief steif die Straße hinauf, wo sie sich auf den Bordstein setzte und ihr Kleid über die Knie zog.
Miss Mattie räusperte sich.
„Mattie!“ Miss Eulas Stimme war herzlich und voller Liebe. „Ich weiß, ich werde dir im Geschäft fehlen, aber du wirst sicherlich auch ohne mich zurechtkommen.“
„Du gehst ja sowieso, ob es nun so ist oder nicht, also geh. Grüße meinen Neffen. Und denk daran, dass du eine Großmutter bist – klettere mir ja nicht auf Kokosbäume.“
Der Busfahrer hob den Hut und sagte mit bedauernder Miene: „Wir müssen fahren, gnädige Frau. Ich muss den Fahrplan einhalten.“
Rubys Mutter umarmte Miss Eula ein letztes Mal. „Mach’s gut. Ich liebe dich.“ Miss Eula drückte sie an sich, dann berührte sie Miss Matties Arm. „Ich weiß, du liebst mich auch!“ Miss Mattie schnaubte in ihr Taschentuch und herrschte den Busfahrer an: „Sie ist fertig! Fahren Sie! Los, fahren Sie!“
Ruby beobachtete von ihrem Versteck aus, wie Miss Eula in den Bus stieg. Sie spielte mit dem Gedanken, zu ihr hinüberzurennen und sie ein letztes Mal zu umarmen.

Diese Umarmung würde nach blühenden Wiesen und gerösteten Erdnüssen und Hühnerfedern und rosa Farbe und noch viel mehr riechen. Doch Ruby rührte sich nicht. Sie blieb an ihrem Platz. Sie würde sich nicht verabschieden.

Die Menschen winkten vom Gehsteig aus. „Auf Wiedersehen! Auf Wiedersehen!"

Der Motor des Busses dröhnte wie ein Flugzeug und der Bus schwenkte langsam in die Hauptstraße ein. Ruby stand auf, um einen letzten Blick auf Miss Eula zu erhaschen, die winkend auf einem Fensterplatz saß. Sie sah Melba Janes Mutter. Sie saß auf dem Bordstein neben Melba, legte den Arm um Melbas Schultern und beugte sich zu ihr hinüber. Ihre Köpfe berührten sich sanft.

„Ruby Lavender!" Miss Mattie stand im Eingang des Geschäfts. „Du hast dich versteckt! In meinem Laden versteckt!"

„Äh, ja Madam, ich meine, nein Madam, versteckt habe ich mich nicht …"

„Na, was denn dann?"

„Ich habe … Ich habe mich nur nicht verabschiedet."

Miss Mattie sah Ruby nachdenklich an. „Komm her, Kind."

Ruby kletterte über die Nägelsäcke und stand Miss Mattie gegenüber. Miss Mattie beugte sich zu Ruby hinunter und sah ihr in die Augen. Sie waren sich jetzt ganz nahe, und Ruby sah jede einzelne Falte in Miss Matties Gesicht. Es erinnerte sie an ihren abgenutzten und zerknitterten alten Handschuh.

„Weißt du, ich konnte mich von deinem Großvater, bevor er starb, nicht mehr verabschieden, und das habe ich immer bedauert. Er war schließlich mein Bruder. Man sollte sich verabschieden, wann immer man kann. Man weiß ja nie."

„Sie wird nicht sterben, Miss Mattie! Sie hat gesagt, dass sie zurückkommt!"

„Natürlich kommt sie zurück", sagte Miss Mattie barsch. „Das wollte ich damit nicht sagen." Sie betrachtete Ruby einen Augenblick. „Was ist nur mit diesem Pferdeschwanz los! Dreh dich mal um, ich richte ihn dir."

„Ich will ihn aber so, Miss Mattie." Rubys rote Haare waren verknotet und standen wie immer in alle Himmelsrichtungen ab.

Miss Mattie schnaubte. „Geh nach Hause zu deiner Mutter, sie macht sich Sorgen um dich."

„Ja, Madam." Ruby verdrückte sich durch die Hintertür des Ladens und trat in das helle Sonnenlicht hinaus. Es würde wieder ein schwüler Tag werden. Ruby wollte den Laden nie mehr betreten, wenn Miss Eula hier nicht mehr verkaufte. Was würde es für ein Gefühl sein, auf dem Nachhauseweg an einem leeren Wurzelbriefkasten vorbeizukommen? An einem leeren Pink Palace? Vielleicht würde sie ganz allein in Miss Eulas Haus sitzen und dort auf ihre Großmutter warten.

AURORA KREISNACHRICHTEN

Abendausgabe, 8. Juni

Was ist los in Halleluia

von Miss Tolbert, genannt „Knüller-Phoebe"

Pastor Leroy Merson besuchte an diesem Mittwoch die Kranken und Bettlägerigen von Halleluia.
Am Donnerstag stattete er Miss Phoebe Tolbert einen Besuch ab. Dabei kam er in den Genuss von Rinderbraten und Kartoffeln.

Mrs Evelyn Lavender zufolge, die Kreisbeauftragte für Heim und Garten, sind die Paprika nächste Woche erntereif.

Nach einer hitzigen Diskussion auf der Sitzung des Stadtrates, während der mehrere Mitglieder (wie üblich) mit dem Rücktritt drohten, wird die Stadtoperette dieses Jahres den Titel tragen „Lieb und teuer ist mir der Ort meiner Kindheit".

Unsere Mitbürgerin Miss Eula Dapplevine hat unsere schöne Stadt verlassen und die weite Reise nach Hawaii angetreten, um ihren Sohn Johnson, seine Frau und das neue Baby zu besuchen.

Miss Mattie Perkins kommentierte dies in aller Kürze so: „Ohne ihre Hilfe wird es im Geschäft sehr hektisch zugehen, andererseits hat die Stadt eine Verschnaufpause nötig."
Miss Ruby Lavender, die neben Miss Mattie stand, sagte dazu: „Ich Ärmste."

8. Juni

Liebe Miss Eula,
jetzt bist du abgereist. Ich hoffe, du bist glücklich.
Ich bin es nicht.
Zu deiner Information:
Melba Jane ist immer noch da. Ich arbeite gerade an einem Zaubertrank, mit dem ich sie verschwinden lassen kann.
Mama ist in der Küche und kocht und kocht und kocht. Sie schreibt immer noch über Zucchini, ich weiß also, was wir heute Abend essen werden!
Mama sagt, dir 23 Bilder von mir zu geben, seien 22 Bilder zu viel gewesen. Das finde ich nicht.
Hier ist noch eines für dich. UND außerdem eine Zucchini-Blüte.
Ich habe mich über neue Babys informiert und gebe dir einen kostenlosen Ratschlag: Umarme das Enkelkind NICHT zu viel. Das ist nicht gut für die Kleine.
Ich hoffe, sie nennen sie Hortensie. Ein wunderschöner Name, oder?

Ein trauriger Gruß von
deiner (fast einzigen – Mist!) Enkeltochter
Ruby L.

Und außerdem: Was hast du im Flugzeug gegessen? Ich wette, keine Zucchini wie wir hier ständig. Ich glaube, ich gehe zum Pink Palace und sehe nach den Hühnern.

8. Juni

Liebe Miss Eula,
Zeit fürs Mittagessen. Du bist immer noch weg.
Ich bin einsam.
Zu deiner Information: Bei uns gibt es Erdnussbutter- und Zucchini-Sandwiches.
Die sind gleichzeitig klebrig und knusprig.
Ein Leckerbissen, sagt Mama. Da bin ich mir nicht so sicher.
Mein Zaubertrank hat nicht funktioniert.
Ich überlege mir was anderes.
Hier ist noch mal ein Bild von mir zur Erinnerung.
Ein kostenloser Ratschlag: Man soll Babys kitzeln, nachdem sie gegessen haben.

Kummergrüße von
deinem (wichtigsten) Enkelkind
Ruby L.

Und außerdem: Ivy, Bemmie und Bess haben den ganzen Vormittag im Staub gebadet. Ich habe ihnen frisches Wasser gegeben und sie mit mehr Körnern gefüttert. Sie machen so viel Krach! Mama sagt, ich soll ihnen was vorlesen. Sie meint, Lesen beruhigt.

9. Juni

Liebe Miss Eula,
Mama sagt, wenn ich so weitermache, verbrauche ich mit meinen Briefen an dich einen ganzen Baum. Wenn du jetzt nach Hause kommst, rettet das also einen Baum.
Zu deiner Information: Ich habe den Hühnern einige A-Wörter aus meinem Wörterbuch vorgelesen (aber ohne die Erklärungen). Dafür habe ich fast den ganzen Nachmittag gebraucht. Sie baten mich, bei ihnen zu übernachten, aber ich bin nach Hause gegangen. Zuerst habe ich sie ins Bett gesteckt.
Ivy liebt es, auf ihren Eiern zu sitzen. Ich mache mir Sorgen, weil sie so hoch oben in dem alten Strohkorb sitzt, aber es gefällt ihr dort. Immer, wenn Ivy aus dem Nest geht, um zu fressen, setzt sich Bemmie auf die Eier. Dann fängt Ivy laut und aufgeregt an zu gackern. Bess tut einfach, als würde sie das nicht stören, und gackert stattdessen irgendwas ganz anderes zurück. Es ist sehr laut. Ich musste richtig schreien, als ich die Wörter von „Akkordeon“ bis „Amme“ vorgelesen hab.

Was hältst du von Juckpulver für Melba Jane?
Ich habe unsere Steppdecke wieder mit ins Haus gebracht.
Noch ein kostenloser Ratschlag: Es ist nie zu spät, um es sich noch mal zu überlegen. (Jetzt gleich zurückzukommen!)

In Kummer und Liebe
deine (vor Sehnsucht sterbende) Enkeltochter
Ruby L.

Aber: Ich sterbe natürlich nicht wirklich, doch man weiß ja nie.

7

14. Juni

„Ich gehe nicht! Du kannst mich nicht zwingen!"
Ruby stampfte mit dem nackten Fuß auf. Ihre Mutter saß am Küchentisch und tippte ihren Artikel für den wöchentlichen Bericht „Heim und Garten" in den *Aurora Kreisnachrichten.* Auf dem Tisch stand ein Zucchini-Gericht neben dem anderen. Zucchini-Mais-Käse-Auflauf. Zucchini-Cremesuppe. Schüsseln mit Zucchini und Pilzen. Zucchini-Pfannkuchen. Der ganze Raum roch warm und dunkelgrün.
Ruby schwenkte die Arme vor ihrer Mutter. „Bitte, bitte, Mama! Ich kann nicht zu Miss Mattie gehen, wenn Miss Eula nicht da ist." Ihre Mutter hörte auf zu tippen und sah Ruby an. Sie nahm eine Spange vom Tisch und befestigte damit ihr langes braunes Haar am Hinterkopf. Sie beugte sich über die Schreibmaschine und nahm sich von einem Teller eine geröstete Zucchini.
„Ich habe dich gebeten, bei ihr vorbeizuschauen, weil deine Großmutter nicht hier ist, um ihr zu helfen. Nur

um zu sehen, wie es ihr geht. Das ist alles. Sie ist schließlich deine Tante."
„Ich habe viel zu tun."
„*Was* hast du denn zu tun?"
„Ich plane meine Rache an Melba Jane. Ich habe mir überlegt, sie an einen Ameisenhügel zu fesseln ..."
„Lass das, Ruby. Du und Melba ..."
„Ich kann es nicht lassen, Mama. Sie ist wie eine verdammte Stechmücke. Wenn ich sie sehe, würde ich sie am liebsten totschlagen, bevor sie mich stechen kann."
„Ruby! So etwas sagt man nicht! Hör mir mal zu. Erinnerst du dich, wie schlimm es für dich war, als dein Großvater letztes Jahr starb? Ruby, bei diesem Unfall starben *zwei* Menschen – Melba hat ihren Vater verloren. Kannst du dir vorstellen, wie traurig sie ist?"
Rubys Magen krampfte sich zusammen. „Traurige Menschen hänseln einen nicht."
„Manchmal schon. Wir wissen nicht, warum Melba das tut. Wahrscheinlich weiß sie es selber nicht mal."
Ruby sog laut hörbar die Luft ein. Sie war anderer Ansicht. Melba wusste es sehr wohl!
„Ich will nicht darüber reden, ich will nur, dass sie mich in Ruhe lässt."
„Mit der Zeit wird sie schon zur Vernunft kommen. In diesem Sommer wirst du sie ohnehin kaum sehen, weil ihre Mutter den ganzen Tag im Kosmetiksalon arbeitet und Melba auf die Kleinen aufpassen muss."
Ruby dachte an den Sommer. Sommer bedeutete unter anderem auch eine Operettenaufführung in Halleluia.

„Schade, dass Melba in dieselbe Kirche geht wie wir. Wenn sie sonntags in irgendeine andere ginge, würde ich sie auch an dem Tag nicht sehen. Erinnerst du dich, wie wir letzte Woche in der Kirche aufstanden, um das letzte Lied zu singen, und sie hat lauter gekreischt als die Bremsen vom Zug?"
Rubys Mutter presste die Finger auf den Mund, aber Ruby sah, wie ihre Augen lachten.
„Voxie Varnado hat mir nach der Kirche gesagt, Melba würde sich damit auf die diesjährige Operette vorbereiten. Sie will unbedingt die Hauptrolle! Sie ist bei den Kindern sowieso immer der Star. Ich frage mich, warum andere Kinder unter zwölf Jahren überhaupt noch vorsingen." Ruby strich sich das Haar aus dem Gesicht. „Ich wünschte, Miss Eula wäre hier. Sie würde genau das Richtige über Melba Jane sagen."
Rubys Mutter zog Ruby zu sich her und umarmte sie heftig. „Auch ich hätte sie gerne hier. Warum schreibst du ihr nicht von der Sache und siehst, was sie dazu meint? Dann kannst du zur Post gehen, alle Briefe von heute abschicken und bei Miss Mattie vorbeischauen und ihr einen Gruß von mir ausrichten. Außerdem brauchst du Hühnerfutter."
„Ich weiß. Aber Miss Mattie ist eine blöde Kuh."
„Sie hat eben viel um die Ohren, Schatz. Gehst du bitte für mich? Ich muss den Artikel unbedingt noch diesen Nachmittag fertig kriegen."
Ruby seufzte und nahm sich eine Scheibe Zucchini-Brot.
„Gib mir einen Kuss", sagte ihre Mutter.

Ruby gab ihr den Kuss.
„Alles wird gut werden, das verspreche ich dir."
Ruby rollte mit den Augen und trottete zur Hintertür.
Ihre Mutter lächelte und rief ihr hinterher: „Ich habe gehört, dass Petersons Hühnerfarm verkauft worden ist. Frag doch Miss Mattie, ob sie Genaueres weiß. Und vergiss nicht, nach der Post zu sehen!"

Das Astloch im Baum hatte noch nie so leer ausgesehen. Und das Postfach Nr. 72 war ebenfalls leer. Miss Dot, die Postbeamtin, lächelte Ruby an. „Heute kommt noch mal eine Postlieferung. Ich weiß, du wartest auf den ersten Brief von Miss Eula. Ich wette, der kommt heute."
„Ja, Madam", sagte Ruby. Sie lächelte zurück, doch sie war sehr beunruhigt. Noch keinen einzigen Brief hatte sie erhalten. Vielleicht hatte Miss Eula sie schon vergessen. Ruby dachte daran, was ihre Mutter gesagt hatte: „Niemand hat bisher einen Brief bekommen, Ruby. Lass ihr erst mal ein bisschen Zeit, aus dem Flugzeug zu steigen!" Ruby seufzte und schickte die Briefe ab, die sie am Nachmittag geschrieben hatte. Es waren vier! Dann schlenderte sie hinüber zu Miss Matties Laden, wo ihr Miss Mattie einen Besen in die Hand drückte und ihr zeigte, was sie tun sollte. Ruby kehrte den Holzboden, füllte die Cracker-Büchse auf und lauschte den Kunden, die sich über entzündete Hühneraugen oder die Hitze unterhielten. Als sie mit den lästigen Arbeiten fertig war und den Besen an seinen Haken im Lager hängen wollte, baute sich Miss Mattie vor ihr auf.

„Was könnte dich besser von deinem Kummer ablenken als Arbeit?“ Bevor Ruby antworten konnte, fügte Miss Mattie hinzu: „Du kommst am Freitag wieder zu mir.“ Das war's. Es hörte sich endgültig an, Schluss aus, basta. Miss Mattie ging wieder in den Laden, um eine Kundin zu bedienen. Ruby seufzte schwer und trottete zur Hintertür. Draußen stand Melba Jane, das Gesicht gegen das Fliegengitter gepresst. An ihre Beine klammerten sich drei von ihren Geschwistern.

Ruby atmete geräuschvoll ein. „Was machst *du* denn hier?“

Melba Jane erwiderte naserümpfend: „Wir leben in einem freien Land. Es geht dich einen feuchten Dreck an, warum ich hier bin.“ Melbas Haar, das früher glatt gewesen war, wallte ihr nun in unzähligen Löckchen über die Schultern. Sie schüttelte ihr Haar drohend in Rubys Richtung.

„Was ist mit deinem Haar passiert?“

„Nichts! Ist nur eine neue Frisur. Im *Sprayed*-Magazin steht, das ist jetzt die neueste Mode.“

„Sieht aus, als hättest du deinen Finger in eine Steckdose gesteckt.“

„Du lügst! Ich nehme mir eben Zeit für mein Äußeres, im Gegensatz zu gewissen *anderen* Leuten.“

Melbas kleinste Schwester zog an Melbas Shorts. „Eistee!“

„Gleich, Violet!“

Ruby strich sich ihr widerspenstiges Haar mit beiden Händen aus dem Gesicht. Melba sah ihr durch das Fliegengitter hämisch zu. „Zum Beispiel“, spottete sie. „Sieh dir mal diese Hände an! Deinc Fingernägel sind … ekelhaft! Ich wette, deine Hände sind von dem vielen Ballspielen und Herumklettern auf Bäumen voller Schwielen. Wirklich, Ruby, nicht gerade damenhaft."

Rubys Hals wurde ganz heiß und sie spürte einen schlechten Geschmack im Mund. Doch sie dachte an Miss Eulas Ratschlag: Beachte sie nicht.

„Weißt du was, Melba Jane? Du hättest gern ein Leben, das nur halb so interessant ist wie meines, das ist dein Problem. Ich werde dich links liegen lassen, auch wenn du dich noch so sehr darüber ärgerst. Wenn du eine Zecke wärst, würdest du platzen. Du bist Luft für mich. Und jetzt verschwinde."

„Ha! Dass ich nicht lache! Wirklich ein sehr interessantes Leben führst du! Für Miss Mattie den Fußboden kehren!" Melba öffnete die Tür und lachte höhnisch. „Und jetzt ist deine liebe nette Großmutter verreist und du hast niemanden, hinter dem du dich verstecken und behaupten kannst, alles bei dir wär supertoll. Gack-gack-gack!"

Rubys Gesicht verfärbte sich. Ihr Herz hämmerte wie wild in ihrer Brust. Sie schob Melba Jane energisch beiseite und stolzierte an ihr vorbei zu dem Silberahorn.

„Fass mich nicht an mit deinen hässlichen Händen", brüllte Melba Jane. „Das wirst du noch bereuen! He! Komm zurück, du Küken!"

Ruby lief weiter. Die Arme hingen steif an ihr herab, die Hände waren zu Fäusten geballt. „Beachte sie nicht!" Sie stellte sich Melba als großen Ballon mit Löckchen vor, der in die Luft aufstieg und davonflog.

„Gack-gack-gack!“ Melbas Schwestern stimmten in das Gegackere ein. Ruby ging weiter. „Gack-gack-gack!“
„Ich *kann* sie nicht links liegen lassen!“ Ruby drehte sich um, doch Melba hatte mit ihren Schwestern das Geschäft betreten. Sie rief ihr hinterher: „*Du* bist das Küken! Du weißt ja nicht mal, *wie* man auf einen Baum klettert!“ Aber sie wusste, dass keiner sie hörte.
An ihrem Silberahorn angekommen, gab Ruby ihm einen liebevollen Klaps. Dann kletterte sie auf ihn hinauf, wie sie es schon hundertmal zuvor getan hatte. Sie lehnte sich an eine große Astgabel und schloss die Augen. Bald schon schlug ihr Herz wieder ruhiger und sie fühlte sich sogar schläfrig. Durch die Blätter blickte sie hinauf zu dem klaren Himmel … demselben Himmel, unter dem sich Miss Eula, wie sie gesagt hatte, genau jetzt aufhielt. Ruby konnte es einfach nicht glauben. Sie kletterte von dem Baum hinunter und warf aus Gewohnheit einen Blick in das Astloch. Keine Post. Sie beschloss, noch einmal auf dem Postamt vorbeizusehen, bevor sie nach Hause ging.

9. Juni

Liebe Ruby, Ruby, Ruby!

Aloha! Auf Hawaii bedeutet Aloha „Guten Tag" UND „Auf Wiedersehen". Aloha-hallo! Hier bin ich!

Das Flugzeug schwenkte auf die Rollbahn ein. Ich stieg aus. Blumen, Blumen, Blumen! Menschen, Menschen, Menschen! Und die riefen „Aloha!" und legten mir Blütenkränze um den Hals und küssten mich auf die Wange. Schon bald reichten mir die Blumen bis an den Mund! Sie rochen himmlisch. Ich schicke dir ein Bild.

Es WAR himmlisch, Johnson, Annette und das Baby zu sehen, das noch immer keinen Namen hat. Sie ist entzückend, Ruby, du würdest deine neue Cousine gern haben. Sie trug einen Hawaii-Rock, genau wie die, die mir Johnson geschickt hat, nur kleiner natürlich.

Jeder trägt hier Zehensandalen oder läuft BARFUSS!

Ich schreibe dir später noch mehr, wir gehen jetzt zu einem Restaurant. Ich werde Hula tanzen und Poi essen. Was ist Poi, willst du sicher wissen? Keine Ahnung! Ich finde es heraus und schreibe dir davon. Bis jetzt habe ich noch keine Post von dir bekommen, aber weil ich erst zwei Tage weg bin, wird wahrscheinlich jeden Moment ein Brief von dir eintreffen … Ich vermisse dich sehr.

Oh! – Ich wollte dir vor meiner Abreise noch etwas sagen: Du musst vielleicht, solange ich weg bin, den Gartenschlauch aufrollen und die Blumen von Großvater gießen, sollte es nicht regnen und so heiß bleiben. Du kannst den Hühnern ja dabei eine Dusche verpassen. Halte den Schlauch hoch und mache ein wenig Regen für sie. Das mögen sie garantiert.

Liebe, liebe, liebe Grüße und Aloha –
auf Wiedersehen!
Deine (aufgeregte) Großmutter
Miss Eula

14. Juni

Wow, Miss Happiness,
dein Brief war echt aufregend. Zuerst war ich enttäuscht. Ich war mir sicher, du würdest Hawaii hassen. Ich hab auf dem Heimweg eine Pause beim Pink Palace eingelegt, um die Hühner zu besuchen, und jetzt fühle ich mich besser.
Zu deiner Information: Melba Jane macht sich mit langen Lumpen Locken ins Haar und schläft auch noch darauf. Wenn sie die Lumpen am nächsten Morgen wegnimmt, sehen ihre Haare aus wie die Innereien eines Katzenfisches. Wirklich sehr attraktiv. Das habe ich ihr gesagt.

Ich habe den Hühnern deinen Brief vorgelesen. Dann habe ich aus dem Wörterbuch die Wörter von „Angel“ bis „Anker“ vorgetragen. Seit Ivy die Eier ausbrütet, bittet sie mich jeden Abend um eine Gutenachtgeschichte. „Aber nichts mit Gewalt“, sagte sie.
Ich werde die Blumen gießen. Aber nicht die Hühner. Gestern hat es eine Weile geregnet. Hast du schon mal ein nasses Huhn gesehen? KEIN besonders schöner Anblick. Und dann noch das Gezeter!
Ich kehre den Fußboden für Miss Mattie.
Ist eine echte Qual.
Immer wenn ich an unserem Silberahornbaum vorbeilaufe, komme ich mir vor wie eine leere Papiertüte.
Hier ist noch mal ein Bild von mir.
Kostenloser Ratschlag: Iss nichts, was Poi genannt wird.

Liebe Grüße
deine (schrecklich einsame) Enkeltochter
Ruby L.

Übrigens: Jemand kauft Petersons Hühnerfarm!

13. Juni

An die sterbende Ruby,
ich habe die zehn Briefe erhalten, die du mir am Tag meiner Abreise geschickt hast! Was für eine Glückszahl! Aber ich hoffe, dein KUMMER ist mittlerweile verflogen.
Ruby, Hawaii schillert in allen Farben.
Ich verstehe jetzt, warum Johnson die Insel so liebt. Leuchtendes Blau, Rot, Gelb und Grün und saftige, buschige Pflanzen und Blumen.
Hier wächst hektarweise Zuckerrohr, dafür keine Baumwolle. Und hektarweise Ananas! Ananas-Stauden säumen die Straßen. Man hält mit dem Auto an, steigt aus und kauft für zehn Cent eine frisch geschnittene Scheibe Ananas. Der Saft läuft einem am Arm und am Kinn runter.
Das neue Baby wird heute zwei Monate alt und hat jetzt endlich einen Namen: Leilani.
Das heißt auf Hawaiisch „Blume des Himmels".
Als ich Leilani das erste Mal zu Gesicht bekam, schaute sie mir in die Augen und sagte: „Thhhwwaaaaagh!" Ist das nicht unglaublich? Das wird ein Genie, ganz klar.
Gestern ging ich an einem Sandstrand spazieren. Der Sand ist so weich und weiß wie Puderzucker, Ruby. Ganz anders als das steinige Ufer am Jaspersee. Und die Wellen! „Komm und spiel mit uns", singen sie. Also hab ich's getan. Ich bin in die Wellen gesprungen. Mein Rock breitete sich

kreisförmig um mich herum aus. Kein Mensch hat es bemerkt! Hier springt jeder in die Wellen, wie ihm gerade zu Mute ist!
Es kommt mir vor, als hätte ich schon immer hier gelebt. Es gibt hier sogar rosa Häuser. Eine Menge Rosa gibt es. Aber keine Ruby. Ich vermisse dich.

Liebe Grüße und Aloha
deine (zufriedene) Großmutter
Miss Eula

19. Juni

Liebe Super-Glückliche,
ich finde „Thhhwwaaaaagh!“ nicht gerade toll. Ich schreibe vollständige Sätze. Und was für ein Name ist Leilani überhaupt? Hat sie auch noch einen zweiten Vornamen? Vielleicht kann ich DEN aussprechen.
Zu deiner Information: Ich schicke dir einen Zettel, den ein Lehrer mir mit der Post zugeschickt hat. Er ist im nächsten Jahr mein Klassenlehrer. Da stehen lauter Fragen drauf, die ich beantworten soll, damit er mich besser kennen lernt. Ich fülle den Fragebogen aus und mache dir eine Fotokopie davon.
Melba Jane sieht jeden Tag schlimmer aus. Sie tut mir soooo Leid. Wenigstens trägt sie diese klackenden Schuhe jetzt nicht mehr.

Ich bringe den Hühnern gerade das Tanzen bei. Bemmie hat zwei linke Füße. Bess tritt ihr ständig darauf. Ihr Lieblingslied ist „Warum hast du mich verlassen, Miss Eula?“ Kostenloser Ratschlag: Mama sagt, Ananas ist NICHT gut für kleine Babys, also gib dem Kind nichts davon. Versuch es mit Rotem Pfeffer. Oder Poi.

Liebe Grüße
deine (hilfsbereite) Enkeltochter
Ruby L.

Übrigens: Nicht zu fassen, dass wir in der Schule einen neuen Lehrer kriegen. Wer kommt schon hierher!

Willkommen in Mr Ishees 4. Klasse!

In ein paar Wochen kommst du in die vierte Klasse. Ich werde dein Lehrer sein. Ich bin neu an deiner Schule und freue mich darauf, dich kennen zu lernen.
Damit wir schneller Bekanntschaft schließen können, fülle bitte diesen Fragebogen aus und schicke ihn mir in dem beigefügten Kuvert zurück.
Viel Spaß in diesem Sommer! Ich kann es kaum erwarten, dich kennen zu lernen!

1. Wie ist dein vollständiger Name?
Ruby Garnet Lavender

2. Wo wohnst du?
Ich wohne gleich außerhalb von Halleluia. Ich habe es sogar gemessen: Ich wohne 1347 Schritte von der Schule entfernt. Oder vielleicht sind es auch 13470 Schritte. Ich weiß es nicht mehr, aber es sind auf jeden Fall eine Menge Schritte, vor allem, wenn es regnet. Viele Kinder wohnen in Raz oder Stringer oder Montrose. Das ist leider zu weit, um sie zu besuchen, und Auto fahren tue ich nicht. Noch nicht.

3. Erzähle mir etwas über deine Stadt oder deine Gegend.
Da gibt's nichts zu erzählen. Miss Eula Dapplevine war das einzig Interessante in Halleluia und sie ist auf und davon nach Hawaii und hat ihre Familie (mich) und vor allem ihre Hühner ganz allein hier zurückgelassen.

4. Erzähle mir etwas über deine Familie.
Miss Eula ist meine Großmutter. Ich hatte einen Großvater. Er ist gestorben. Deshalb ist Miss Eula nach Hawaii gegangen.
Ich habe einen Vater, den ich aber nicht kenne. Er ist weg aus Halleluia, bevor ich geboren wurde, aber meine Mama ist nirgendwohin gegangen. Meine Mama ist Journalistin und außerdem die

erste Frau im Landkreis Aurora, die Kreisbeauftragte für Heim und Garten wurde. Ständig ist sie im Garten oder in der Küche von irgendjemand oder sitzt an der Schreibmaschine. Oder sie telefoniert stundenlang. Die Leute rufen sie an und stellen Fragen wie:
„Wie lange kann ich meine Konservenbohnen kochen lassen, ohne dass sie giftig werden?"

5. Erzähle mir etwas über dich.
Ich bin eine Hühnerdiebin. Ich streiche Häuser an. Und ich kehre Fußböden. Ich habe rote Haare und Sommersprossen von der Farbe neuer Pennys.
Ich bin eine gute Briefeschreiberin. Ich habe drei Hühner: Ivy, Bemmie und Bess. Und ich werde noch drei mehr haben, weil Ivy drei Eier gelegt hat. Ich esse kein Fleisch.

6. Was machst du in deiner Freizeit?
Wie gesagt, ich kehre in Miss Matties Laden den Fußboden. Das ist die totale Qual.
FRÜHER hatte ich ein lustiges Leben, bis meine Großmutter wegen irgendeinem Baby auf und davon ist.

7. Was sind deine Lieblingsfächer in der Schule?
Im Sommer denke ich nie über die Schule nach. Das bringt nur Unglück. Fragen Sie mich im September noch mal.

8. Was machst du in den Sommerferien?
Haben Sie irgendwelche Vorschläge für eine arme gequälte Neunjährige? Ich werde jedenfalls ***nicht*** *zur Bibelschule drüben in Bay Springs gehen. Das ist nur eine einzige Qual.*

9. Was möchtest du mir noch über dich erzählen?
Da Sie hier neu sind, möchte ich Ihnen keine Angst einjagen. Deshalb werde ich nicht weiter erwähnen, dass der (ständige) Star der jährlichen Operette Haare hat, die wie Eingeweide vom Fisch aussehen. Und wissen Sie was? Die ist ***dieses*** *Jahr in der vierten Klasse. Glück gehabt!*

Kostenloser Ratschlag: Die Leute hier sind freundlich, aber neugierig. Halten Sie also Ihr Wohnzimmer in Schuss.
Und im Kühlschrank sollte immer ein Krug mit frischem süßem Eistee stehen.

20. Juni

Liebe Miss Eula, die Hartherzige,
nur noch sechs Tage, bis die Küken ausgeschlüpft sind!! Bemmie ist ziemlich angeberisch und streitet sich die ganze Zeit mit Bess. Ivy ignoriert beide und brütet und brütet und brütet. Gestern sagte Bemmie zu Ivy: „Na ja, du könntest ja wenigstens mal kurz hersehen zu mir!“

Diese Woche habe ich ihnen die B-Wörter aus dem Wörterbuch vorgelesen. Ich habe ihnen auch Geschichten erzählt. Ihre Lieblingsgeschichte ist „Ruby und die drei kleinen Küken“.
Ab dem 25. Juni werde ich im Hühnerhaus übernachten, damit ich ja nichts verpasse.
Zu deiner Information: Ich kehre immer noch den Fußboden für Miss Mattie. Und es ist immer noch die totale Qual.
Hier ist noch mal ein Bild von mir. Auf diesem Bild bin ich zwei Monate alt.
Melba Jane sah heute so schlimm aus, dass die „Gesellschaft zur Verhinderung von Grausamkeiten an Mensch und Tier“ sie mitnahm und in den städtischen Hundezwinger brachte.
Der Mann vom Hundezwinger hat sie für einen Bernhardiner gehalten.
Kostenloser Ratschlag: Halleluia ist eine Reise wert, um die Geburt der Wunderküken mitzuerleben.

Liebe Grüße
deine (gleich wieder beschäftigte) Enkeltochter
Ruby L.

Überhaupt: Weißt du, was passiert ist?
Eine Familie kauft Petersons Hühnerfarm.
Das bedeutet Kinder. Ich weiß noch nicht, wie viele.

18. Juni

Lieber Ruby-Schatz,
wir sind auf die „Große Insel“ namens Hawaii gefahren.
Heute werde ich über einen Vulkan laufen! Er ist seit langem nicht mehr aktiv und jeden Tag gehen etliche Leute auf ihm spazieren. Stell dir das mal vor!
Ich habe Röcke aus langen, dicken Grashalmen für mich und Leilani geflochten. Sie sieht in ihrem Rock einfach süß aus. Und ich sehe in meinem wie eine Großmutter aus. Mein Lieblingshulasong ist „Hula-Hände, wie lieblich ihr seid!“. Meine Hände sind ja eigentlich furchtbar knubbelig, aber wenn ich Hula tanze, sind sie einfach lieblich.
Hier schicke ich dir meine ersten Fotos. Schau uns nur an! Ich wette, deinen Onkel Johnson erkennst du kaum wieder. Er ist der große, gut aussehende Mann. Gefällt dir mein Hut? Ich habe ihn selbst gemacht, aus Palmwedeln.
Außerdem schicke ich dir Postkarten.
Meine Lieblingskarte ist die mit dem Vulkanausbruch.
Hast du gewusst, dass früher Könige und Königinnen auf Hawaii herrschten?
Wie geht es dir?
Was macht Melba Jane?
Was gibt's Neues von der Hühnerfarm?

Deine Mama schrieb mir, dass sie zum Verkauf angeboten wird. Hoffentlich kauft jemand mit Kindern den Betrieb.

Liebe Grüße
deine (tropische) Großmutter
Miss Eula

21. Juni

Liebe Ruby Lavender,
ich heiße Ferrell Ishee und bin der neue Lehrer für die vierte Klasse in Halleluia.
Deinen Fragebogen habe ich mit Interesse gelesen. Ich habe eine neun Jahre alte Nichte aus Memphis, die gerade zu Besuch ist,
und sie würde dich sehr gerne kennen lernen.
Ebenso wie meine Frau und ich.
Wir machen übermorgen um 16 Uhr Eislimonade und feiern damit unseren Einzug in die ehemalige Hühnerfarm. Wir würden uns freuen, wenn du kämst.

In freudiger Erwartung,
Ferrell Ishee

23. Juni

Liebe Miss Grasrock,
zu deiner Information:
1. Ich gehe heute Nachmittag zu Petersons Hühnerfarm, um die Ishees kennen zu lernen und Eislimonade zu trinken. Sie haben ein Kind in meinem Alter! Ich berichte dir darüber.
2. Melba Jane kam aus dem Hundezwinger nicht heraus. Niemand wird sie abholen. So ein Pech.
3. Der alte Mr Peterson ist mit seinem Sohn, dem jungen Mr Peterson, nach Raleigh gezogen. Er sagte zu Miss Mattie, hoffentlich würdest du für immer in Hawaii bleiben. Ha! Du denkst gar nicht daran, das zu tun, oder?
4. Aktuelle Küken-Nachrichten: Ivy sitzt die ganze Zeit auf ihren Eiern, und ich fürchte, sie frisst und trinkt überhaupt nichts. Ich frage sie, ob sie hungrig ist und etwas möchte, und sie sagt: „Nein, danke.“
Ich schnappe sie mir jeden Tag mindestens einmal und bringe sie zu ihrem Futter. Dann muss ich Bemmie vertreiben, die sich auf Ivys Nest setzen will. Sobald Ivy gefressen hat, setzt sie sich wieder auf das Nest. Ich habe gesehen, wie sie die Eier umgedreht hat. Sie dreht sie mit den Füßen jeden Tag ganz oft um. Sie wird eine gute Mutter sein. Ich liebe die Küken jetzt schon.

Meine Hand ist ganz müde vom Schreiben!
Ich muss jetzt gehen und Eislimonade trinken!

Liebe Grüße
von deiner (gespannten) Enkeltochter
Ruby L.

Frage: Wie ist es, auf einem Vulkan spazieren zu gehen?

8

23. Juni

Rubys Fahrrad blitzte in der Nachmittagssonne. Sie fuhr zur Hühnerfarm, zu dem großen weißen Haus, das vollständig von einer Veranda umgeben war. Die Kleider klebten ihr am Leib. Sie leckte sich die Lippen. Salzig. Eine Eislimonade war heute genau das Richtige.
Die langen, an den Seiten offenen Hühnerställe standen jetzt leer. Hinter ihnen befand sich das Haus mit dem Blechdach. Es war von zitronengelben Lilien und einem Lattenzaun umgeben. Ruby lehnte das Rad gegen den Zaun. Aus dem Haus drang Musik und ein lauter Schrei.
„Jaaaaaaa! Soooooo ist's guuuut!"
Ruby zuckte zusammen. Auf Zehenspitzen schlich sie den Weg entlang zur Außentür mit dem Fliegengitter und spähte hinein. Im Wohnzimmer tanzte ein großer dicker Mann mit Vollbart. In den Armen hielt er eine ziemlich füllige Frau, die aus vollem Hals lachte. Der dicke Mann lachte mit ihr. Unter ihren tanzenden Füßen hüpfte der Boden.

„Wow!“, entfuhr es Ruby.
„Das sind Onkel Tater und Tante Tott.“
Ruby wirbelte herum. „Du hast mich zu Tode erschreckt!“
Vor ihr stand ein Mädchen mit riesigen blauen Augen und kurzem struppigem Haar, das so hell war wie Sahne auf einem Zitronenkuchen.
„Entschuldigung!“
„Wo ist Mr Ishee?“
„Das ist er. Wir nennen ihn Onkel Tater. Tante Tott heißt in Wirklichkeit Cornelia, aber so nennt sie niemand. Du wirst dich an die beiden gewöhnen, sie sind total nett. Im Oktober kriegen sie ein Baby. Ich bleibe den Sommer über bei ihnen und helfe beim Einzug. Ich habe eine Studie über sie verfasst. Deine Latzhose gefällt mir, sie passt gut zu deinem kurzärmligen Hemd und deinen nackten Füßen. Du bist Ruby, stimmt's?“
Ruby schluckte. „Wow.“
„Toller Name. Kann ich dich Wowy nennen?“
Ruby runzelte die Stirn. „Klar.“
„Na schön. Jetzt haben wir ein Geheimnis.“
Ruby sah das Mädchen von der Seite an. Sie trug ein hellbraunes Hemd mit quadratischen Taschen auf dem Vorderteil. Braune Shorts mit tiefen Seitentaschen. Braune Stiefel. Weiße Socken, die über den Rand der Stiefel reichten. Auf ihrem Rücken hing ein brauner Hut. Er war aus steifem Material, hatte eine gewölbte Oberseite und hing dem Mädchen an einem Lederband um den Hals. An einer Gürtelschlaufe baumelte eine Taschenuhr. Das Mädchen war von Kopf bis Fuß braun und weiß.

„Machst du eine Reise in den Urwald oder was?“, fragte Ruby.
Das Mädchen zog einen Bleistift hinter dem Ohr hervor, griff in eine der großen Taschen ihrer Shorts und holte einen Schreibblock heraus. Sie schlenderte zum Verandageländer hinüber. „Ich bin Anthropologin.“
„Du bist was?“
„Anthropologin. Ich studiere Menschen. Kennst du Margaret Mead?“
„Nein. Wohnt die auch in Memphis?“
„Margaret Mead! Margaret Mead! Sie war Anthropologin. Eine sehr berühmte! Sie studierte Menschen. Nahm sie auf Tonband auf. Machte sich Notizen. Und schrieb Bücher.“
„Warum?“
„Um herauszufinden, warum Leute das tun, was sie tun.“
„Wieso?“
„Weil es wichtig ist! Man erfährt etwas über Menschen aus verschiedenen Kulturen und Ländern. Wir sind alle verschieden, und trotzdem sind wir alle gleich. Das sagte Margaret Mead. Und ich werde genau wie sie sein und in der ganzen Welt rumreisen und Leute studieren.“
Ruby zupfte sich am Ohrläppchen und kniff die Augen zusammen.
„Wer bist du?“
„Ich bin Helen Dove Ishee, aber die Leute nennen mich Dove. Meine Großmutter hieß Helen. Sie starb kurz vor meiner Geburt.“
„Ich habe noch eine Großmutter. Sozusagen.“

Dove warf Ruby einen fragenden Blick zu. Die Musik im Haus war verstummt, aber der Tanz ging weiter. Im Radio kam jetzt der Landwirtschaftsbericht. Mr Ishee und seine Frau tanzten zu dem Rundfunkbericht über Kartoffeln und Rüben.
„Meine Großmutter ist verreist“, erläuterte Ruby. „Im Moment ist sie nicht da. Aber ich habe Hühner und Eier, aus denen bald Küken ausschlüpfen.“
„Wow! Das würde ich gerne sehen.“
Ruby kam sich sehr wichtig vor. „Ich übernachte ab nächste Woche bei den Hühnern, damit ich die ausschlüpfenden Küken ja nicht verpasse. Du kannst mitkommen, wenn du willst.“
„Wirklich? Ohne Witz?“
Ruby fing sich wieder. Sie hatte es eigentlich nicht ernst gemeint.
Dove quasselte unverdrossen weiter. „Großartig! Kann ich meine Geräte mitbringen?“
Mr Ishee und seine Frau bewegten sich tänzelnd zur Haustür hin. Sie schwang auf und plötzlich befanden sich die beiden auf der Veranda und wirbelten ein letztes Mal herum. Ruby wich ihnen gerade noch rechtzeitig aus. Dove lachte.
„Du bist bestimmt Ruby.“ Mr Ishee beugte sich, die Hände auf die Knie gestützt, herüber. Er war völlig außer Atem. „Schau sich mal einer das rubinrote Haar an.“
Rubys Haar quoll aus ihrem Pferdeschwanz heraus. Lange Haarsträhnen fielen ihr über die Schultern und hingen ihr ins Gesicht. Sie strich sich die Strähnen mit der stau-

bigen Hand nach hinten. „Genau. Das bin ich. Sind Sie der neue Lehrer?“
„Darauf kannst du Gift nehmen. Komm rein! Na los!“ Er winkte alle ins Haus. Dabei warf er der Frau, mit der er getanzt hatte, einen bewundernden Blick zu. „Und das ist meine liebe Frau Tott.“
Tott schnappte noch immer nach Luft. Ihr Gesicht war so rot wie Rubys Haar. Sie lächelte und winkte schwach mit der Hand. „Sehr gut! Sehr gut!“
Dove grinste Ruby an. „Siehste? Supernett. Komm. Wir essen ein Eis.“

„Wie möchtest du deine Eislimonade, Ruby?“ Onkel Tater-Mr Ishee holte zwei Behälter Blue-Bell-Eiscreme aus dem Tiefkühlfach. „Mit Vanille oder Schoko?“
„Vanille, bitte.“ Ruby war dutzenden halb ausgepackter Umzugskartons ausgewichen, als sie Dove in die Küche folgte. Auf der Couch im Wohnzimmer stapelten sich Bücher. Über jedem Stuhl hingen Kleidungsstücke. Die Wände waren mit den hässlichsten Bildern bedeckt, die Ruby je gesehen hatte. Noch mehr davon lehnten an den Wänden. Auf der Arbeitsplatte in der Küche standen Geranien, die in großen Kaffeedosen wuchsen.
„Mannomann! Sieht aus, als wäre hier ein Tornado durchgefegt.“
Tott lachte schallend. „Das haben Umzüge so an sich.“ Sie bückte sich und wühlte in einem großen Karton. Dann richtete sie sich schnaufend wieder auf und zog einen Eislöffel heraus. „Hier ist er, Schatz!“ Mr Ishee nahm den

Löffel und küsste seine Frau auf ihre dicken Lippen. „Tott findet immer alles.“ Er formte mit dem Löffel Eiskugeln. „Tott, haben wir daran gedacht, Limonade einzukaufen?“ Tott tätschelte das bärtige Gesicht ihres Gatten. „Schau mal in einer der Tüten nach, irgendwo da drüben.“
Dove suchte bereits danach. „Ich hab’s gefunden, Tante Tott.“
„Sehr gut, Dove. Sehr gut.“ Mr Ishee stand mit dem Eislöffel da, von dem Vanille-Eis heruntertropfte. „Haben wir Gläser, Tott?“ Tott lachte wieder. „Irgendwo schon! Mal sehen, in welchem Karton sie sind.“
Ruby nahm einen Stapel Illustrierte von einem Küchenstuhl. „Hier sind ein paar Schüsseln …“
„Schüsseln! Die tun’s auch!“ Sie machten sich in roten Plastikschüsseln Eislimonade und setzten sich mit Löffeln und Strohhalmen auf die Veranda. Ruby hörte zu, wie Doves Tante und Onkel weiter miteinander redeten, und dachte daran, dass Miss Eula und Opa Garnet es früher ebenso gemacht hatten.
„… und Ruby hat mich schon eingeladen, bei ihr zu übernachten!“ Dove erzählte jetzt von den Hühnern.
„Sehr gut!“, sagte Tott zu Ruby. „Sehr gut. Du weißt offenbar, wie man jemanden willkommen heißt.“
Mr Ishee spähte mit zusammengekniffenen Augen in die Ferne. „Wer um alles in der Welt kommt denn da? Tott, erwarten wir noch mehr Besuch?“ Ein grüner Kleinlaster wirbelte eine Staubwolke auf, als er zur Farm einbog. Der Wagen des alten Ezra Jackson. Er rumpelte den Weg entlang bis zum Haus und hielt vor dem Lattenzaun an. Die

Beifahrertür ging auf. Eine Person mit einem Päckchen in den Händen stieg vorsichtig aus und winkte dem alten Ezra zum Abschied dankend zu. Ezra hob grüßend den Hut in die Runde und fuhr inmitten einer weiteren Staubwolke davon. Der Fahrgast warf sich in Pose, die Hand an der Hüfte, und lächelte. Die anderen auf der Veranda kannten sie nicht, doch Ruby kannte sie nur zu gut.

Das Herz rutschte ihr in die Hose. Melba Jane.

9

Alle waren wie erstarrt. Ruby verschlug es die Sprache. Melba sah aus wie aus dem Ei gepellt. Ihre Korkenzieherhaare kringelten sich noch stärker als gestern. Die Lippen hatte sie knallrot angemalt. Sie trug ein affiges rotes Kleid, glänzende schwarze Schuhe und so viele klirrende Armreifen an den Handgelenken, dass sie wie eine Musikkapelle klang.

„Was können wir für dich tun?“, fragte Mr Ishee. Er sah erstaunt aus.

Melba stolzierte mit zuckersüßem Lächeln zur Veranda und fasste sich mit ihrer Hand an die Wange.

„Oh! Das tut mir *schrecklich Leid*! Ich *wusste* nicht, dass Sie *Besuch* haben! Ich wollte nur kurz vorbeischauen, da wir Nachbarn sind. Aber ich kann ja ein anderes Mal wiederkommen.“

Ruby öffnete den Mund, brachte jedoch keinen Ton heraus.

Tott strahlte über das ganze Gesicht. „Kommt nicht in Frage! Wir lieben Gesellschaft! Wie nett von dir, uns in Halleluia willkommen zu heißen. Gott segne dich. Wir sind die Ishees aus Memphis. Sag uns doch, wer du bist, meine Liebe."

„Ich bin Melba Jane Latham, danke. Meine Mama führt den Salon für Kosmetik in der Stadt, ‚Locken von Leila'. Wenn Sie eine neue Frisur brauchen, dann kommen Sie einfach zu uns. Wir haben die meisten Frisurenhefte im Landkreis, und die neuesten Filmzeitschriften, die Sie unter der Trockenhaube lesen können."

Tott strich sich lächelnd über ihr glattes Haar. „Komm zu uns herauf, mein Schatz, und lass dich mal anschauen. Du siehst ja wirklich toll aus."

„Ich wollte nicht stören …" Melba warf Ruby einen kalten Blick zu.

„Du störst kein bisschen!"

Mr Ishee sprühte vor Lebendigkeit. „Na komm! Bleib bei uns. Wir erfrischen uns in dieser brütenden Hitze gerade mit Eislimonade. Ruby kennst du ja sicher."

„Oh ja, Sir. Ich *kenne* Ruby." Sie sah zu Ruby hinüber und hob eine Augenbraue. „Hallo, Ruby."

„Hallo", brachte Ruby krächzend heraus. Übelkeit stieg in ihr auf.

„Das ist unsere Nichte Dove", sagte Tott. „Sie bleibt den Sommer über bei uns."

„Ja, Madam! Das hörte ich im Kosmetiksalon. Ich habe dir ein Geschenk mitgebracht, Dove."

Dove klappte vor Überraschung der Mund zu. Dann platzte sie heraus: „Du würdest dich *hervorragend* für meine Studien eignen. Darf ich dich auf Band aufnehmen?"

„Na klar. Ich habe eine wunderschöne Stimme.“
Ruby blinzelte.
Dove packte das Geschenk vor aller Augen aus. Es war eine selbst gemachte Karte:

Gutschein!

Gültig für EINE Haarwäsche
und EIN Abendessen

Bei „Locken von Leila“

Tott fasste sich mit den Fingerspitzen an die Brust. „Wie nett!“ Dove kicherte vor Freude. „Danke!“
Mr Ishees Frau stand auf. „Bringen wir unserem neuen Gast eine Eislimo, Schatz. Die Mädchen können sich ja solange unterhalten.“ Sie zog ihren Mann am Ärmel und die beiden gingen ins Haus.
Ruby saß im Schneidersitz auf einem Schaukelstuhl und beobachtete Dove, deren blaue Augen wie gebannt an Melba Jane hingen, dem wandelnden Kosmetiksalon. Ruby fühlte eine solche Eifersucht in sich aufwallen, dass sie zusammenzuckte.
„Großartig!“ Dove hatte ihr Notizbuch hervorgeholt und hielt den Füller schreibbereit in der Hand. „Ich werde das alles in mein Buch schreiben.“
Ruby versuchte, Doves Aufmerksamkeit auf sich zu ziehen. „Wofür ist das Buch da?“

„Darin dokumentiere ich meine Studien“, sagte Dove. Sie erklärte Melba: „Ich studiere Menschen. Wenn ich groß bin, gehe ich auf die Fidschi-Inseln und nach Afrika und Las Vegas und studiere die Leute dort.“ Sie sah die beiden Mädchen an. „Hier bei euch kann ich ziemlich viel üben. Ein ganz neuer Ort voller Leute! In Memphis habe ich schon so ziemlich alles abgegrast, das sagt zumindest meine Mama.“

„Ich bin eine gute Versuchsperson. Was willst du wissen? Ich werde dir *alles* sagen.“ Melba warf Ruby einen eisigen Blick zu. Ruby sah weg.

„Ich werde dich als Erste befragen, Melba Jane.“

„Ich bin ja auch die interessanteste Person hier“, sagte Melba. Ruby rollte mit den Augen.

Dove kritzelte etwas in ihr Notizbuch. „Ich brauche die ganze Stadt. So findet man heraus, warum die Leute an einem bestimmten Ort das tun, was sie tun. Deshalb werde ich jeden in Halleluia interviewen. Ich erfahre etwas über die Sensationen und Tragödien, über die Sitten und Traditionen in der Stadt. Und dann schreibe ich alles auf und sage: ‚Die Bewohner Halleluias verhalten sich *so*, und zwar aus diesen Gründen.‘ Aber zuerst muss ich alle Fakten kennen. Zum Beispiel: Was ist das größte Ereignis, das hier je passierte?“

Rubys Gesicht glühte. Sie stand auf und wollte ins Haus gehen. „Ich helfe bei der Eislimonade.“

Melba pflanzte sich vor Rubys Schaukelstuhl auf. „Was ist los, Ruby?“, fragte sie mit honigsüßer Stimme. „Du willst nicht über das größte Ereignis reden, das hier jemals passiert ist? Warum denn nicht?“ Ihre Augen blitzten höhnisch.

Dove sprang auf. „Moment. Ich hole meinen Rekorder und die Kamera. Bin gleich wieder da.“ Sie verschwand im Haus und Ruby war mit Melba allein. Dunkle Wolken zogen über die Veranda hinweg und der alte Hühnerhof lag im Schatten. Ein frischer Wind fegte durch die Bäume, sodass die Blätter rauschten und Staub aufwirbelte.

Ruby schob den linken Träger ihrer Latzhose hoch. „Ich gehe nach Hause. Hier draußen werden wir bloß nass.“

Melba presste die Lippen zusammen. Dann stieß sie hervor: „Geh nur. Ich brauche dich hier nicht, um Spaß mit deiner neuen Freundin zu haben.“

Ruby biss die Zähne zusammen. „Du findest, es macht *Spaß*, über den … über den …“

„Den Unfall zu reden? Ich frage mich, wie viel ich davon erzählen soll. Ich wette, deine neue Freundin Dove würde *am liebsten* alles hören.“

Ruby blieb fast das Herz stehen. Tante Tott erschien im Hauseingang, die Arme voller Schüsseln. „Ruby, halt mir mal eben die Tür auf.“ Da kam auch Dove zurück, den Kassettenrekorder in der Hand und die Kamera über der Schulter. Sie hatte ihren Hut aufgesetzt. „Das ist meine Ausrüstung.“ Hinter ihr folgte Onkel Tater mit einem Küchenstuhl. „Für dich, Melba.“

„Oh, vielen Dank.“ Melba sprach mit der lieblichsten Stimme, die Ruby je vernommen hatte. Anmutig nahm sie auf dem Stuhl Platz und deutete mit dem kleinen Finger auf Doves Kassettenrekorder. „Läuft der schon?“

Dove ließ sich auf den Stuhl neben Melba fallen und drückte eine Taste. „So, jetzt läuft er. Ich habe gestern neue Batterien reingetan.“ Sie räusperte sich. „Heute ist der 23. Juni. Wir hören jetzt gleich Melba Jane Latham, die uns von dem größten Ereignis aller Zeiten in Halleluia, Mississippi, erzählt. Melba Jane, bist du bereit?“

Melba hielt die Hand hoch und machte ein Stopp-Zeichen, während sie einen großen Schluck Eislimonade nahm. Ruby ging langsam zu der breiten Verandatreppe hinüber. Onkel Tater und Tante Tott saßen Händchen haltend auf der Verandaschaukel. Ein böiger Wind drehte die Wetterfahne auf dem alten Hühnerstall und der frische Geruch von Regen stieg über dem Staub auf.

Ruby ging eine Stufe hinunter. „Meine Mutter erwartet mich zu Hause.“ Das Herz schlug ihr bis zum Hals.

„Bleib doch noch, Ruby“, sagte Melba in jammerndem Tonfall. „Ich weiß genau, dass du meine Geschichte hören willst.“ Sie strich ihr affiges Kleid über den Schenkeln glatt.

„Musst du wirklich gehen, Ruby?“, fragte Tante Tott. „Soll ich deine Mutter anrufen und fragen, ob du noch ein Weilchen bleiben kannst? Möchtest du noch bleiben?“

„Nein, Madam. Ich muss gehen. Ich meine, ja Madam, ich würde sehr gern bleiben, aber, nein, ich kann nicht. Ich muss nach Hause.“

„Sie meint“, sagte Melba mit einem kurzen Naserümpfen, „sie meint, sie *will* die Geschichte nicht hören, stimmt’s Ruby?“ Melba nahm Dove jetzt das Mikrofon aus der

Hand und begann mit ihren übertrieben geschminkten Lippen zu erzählen: „Diese Geschichte, die größte Sache, die sich jemals in Halleluia, Mississippi, ereignete, ist die Geschichte darüber, wie mein Daddy letzten Sommer starb – *ertrunken* im Jaspersee!

10

„Um Himmels willen!" Tott ergriff Taters Arm. „Das meinst du doch nicht im Ernst!"
Dove wurde ganz bleich. Onkel Tater schwang sich aus der Schaukel und Tott klammerte sich an die Kette, um die Balance zu halten. „Also", sagte Mr Ishee, „das ist ja wirklich ein Tag heute! Ich glaube nicht, dass eine solche Geschichte für Tott das Richtige ist, sie ist sehr empfindlich im Augenblick."
In der Ferne hörte man Donner grollen. Ruby schlug das Herz bis zum Hals.
„Setz dich, Liebling." Tott ließ die Schaukelkette los und streckte ihrem Mann die Hände hin. „Mir geht's gut, wirklich. Du weißt doch, ich bin stark wie ein Pferd. Erzähl weiter, Melba, wenn du kannst. Willst du etwas Wasser?"
Melba räusperte sich leise. „Nein danke, Madam."
Ruby warf einen verzweifelten Blick zum Himmel hinauf und stieg noch eine Treppenstufe hinab. „Es wird ziemlich windig hier draußen. Ich gehe nach Hause, bevor es zu regnen anfängt." Keiner hörte sie.

„Es war im letzten Sommer." Melba sprach mit ruhiger, kräftiger Stimme, als hätte sie die Sätze schon tausend Mal geübt. Ruby hörte zu, obwohl sie fest entschlossen war zu gehen. „Mein Daddy und Rubys Großvater fuhren zusammen zu einer Landwirtschaftsmesse nach Raleigh. Das war die größte Messe des Jahres und sie dauerte den ganzen Tag bis in die Nacht. Sie *sollten* in Raleigh übernachten und am nächsten Morgen nach Hause kommen. Aber sie kamen nicht. Sie fuhren zwar von Raleigh los, kamen aber nie zu Hause an. Am nächsten Morgen fand Mr Harvey Popham das Auto. Rubys Großvater war direkt von der Jasperbrücke in den See gefahren. Alle sagen, er ist am Steuer eingeschlafen. Sie waren immer noch im Auto."

Schweigen. Ruby war wie gelähmt. „Es war ein Unfall", sagte sie leise und starrte auf ihre nackten Füße.

Melba reckte das Kinn empor und sagte: „Einige sagen das. Andere nicht."

Ruby atmete hörbar ein, und ihre Blicke trafen sich. „Es war ein Unfall."

„Vielleicht", sagte Melba. „Aber es hätte nicht passieren dürfen, oder?" Ruby zog an ihrem Ohrläppchen und spürte, wie sich Schweißperlen auf ihrer Oberlippe bildeten. Da erhob sich Melba von ihrem Stuhl und baute sich auf den Treppenstufen vor Ruby auf. „Soll ich noch mehr erzählen?"

„Ich will, dass du gar nichts mehr sagst", entgegnete Ruby mit ruhiger Stimme. Ihr Magen krampfte sich zusammen.

„Kinder …“ Tott richtete sich auf der Schaukel auf und erhob sich.

„Ich kann noch viel mehr erzählen!“, zischte Melba.

„Halt die Klappe, Melba Jane!“ Rubys Herz hämmerte wie wild: *Renn-weg-renn-weg-renn-weg!*

Mr Ishee half seiner Frau auf die Beine und blieb neben ihr stehen. Dove saß wie erstarrt auf ihrem Stuhl.

Melba Janes Augen blitzten Ruby böse an, ihre Gesichter waren sich jetzt ganz nahe. Melba sprach ganz leise, sodass nur Ruby sie hören konnte.

„Ich kann erzählen, so viel ich will, und du kannst mich nicht daran hindern. Du kannst nur die Ohren aufsperren, Ruby Lavender. Warum also hältst *du* nicht die Klappe und hörst einfach nur zu, wenn ich *alles* über den Unfall im letzten Sommer erzähle!“ Melba packte Ruby am Arm und zerrte wütend daran. „Setz dich hin!“

Ruby befreite sich mit einem Ruck aus Melbas Griff, sprang die Stufen hinunter und rannte zu ihrem Fahrrad. Ihr Herz pochte wie wild in der Brust. Sie stolperte und fiel hin. Mit zerschrammten Händen rappelte sie sich wieder auf und lief weiter. Ein Fallwind fegte unter den Bäumen hindurch und über den Hühnerhof und brachte Regen mit sich.

Gerade als Ruby bei ihrem Rad ankam, erschütterte ein heftiger Donner die Luft und der Himmel öffnete seine Schleusen. Der Regen fiel in solchen Strömen, dass er wie ein Fluss über Ruby hinwegrauschte. Das klatschnasse Haar klebte Ruby im Gesicht. Sie riss das Rad vom Zaun weg und setzte sich drauf. Dann strich sie sich mit einer

Hand das Haar zurück und hielt mit der anderen den Lenker fest. Sie sah nichts als Regen, der sie wie eine weiße Wand umgab. Die niederprasselnden Tropfen dröhnten ihr in den Ohren und schienen ihr zuzubrüllen *Beeil-dich-beeil-dich!* Und das tat Ruby. Das Rad schwankte gefährlich, bis sie endlich das Gleichgewicht fand.

Von der Veranda hörte sie undeutliche Rufe. Es waren Tott, Mr Ishee und Dove, die ihr hinterherriefen, sie solle warten. Doch der Wind trieb sie weiter, *hier-lang-hier-lang*, und sie trat wie wild in die Pedale und jagte durch den Sturm, so schnell sie konnte.

23. Juni

Liebe Miss Eula,
als ich meinen letzten Brief schrieb, war ich
so aufgeregt, dass ich ganz vergessen habe,
dir alles zu erzählen.
Mr Ishee hat eine Frau und eine Nichte.
Die Nichte heißt Dove. Sie ist wie ich in der
vierten Klasse und im Sommer auf Besuch hier.
Sie kommt aus Memphis und trägt komische
Klamotten. Sie ist eine Anthoo… nein, eine
Arthra… sie studiert Menschen, die irgendwo
leben, und das, was sie dort tun. Sie kennt
garantiert alle die geheimen Geschichten
darüber, wie schrecklich es auf Hawaii ist.
Mama hat mir Schoko-Pudding zum Abend-
essen gemacht. Und sie meinte, ich brauche

nicht zu baden, weil ich bereits gebadet hätte, als ich im Regen nach Haus gefahren war.
Sie möchte, dass ich jetzt schlafe, aber ich kann nicht. Es regnet und regnet. Wann kommst du endlich nach Hause?
Zu deiner Information: Ivy ist eine total verrückte Glucke. Bemmie ist wütend auf alle. Bess frisst die ganze Zeit und sagt Bemmie, sie soll die Klappe halten. Heute Abend habe ich ihnen von „Dackel“ bis „Drehleier“ vorgelesen. Ganz schön viel, das kannst du mir glauben.

Liebe Grüße
dein (sehr unglückliches) Enkelkind
Ruby L.

Was ich noch fragen wollte:
Wie geht es Hortensie?

24. Juni

Liebe Ruby,
eine Familie kauft die Peterson-Farm? Wie aufregend! Erzähl mir alles davon – aber das hast du bestimmt schon getan und unsere Briefe kreuzen sich wie immer irgendwo über dem Ozean.
Das ist wie irgendwo über dem Regenbogen, nur nasser. Haha!

Ruby, ich habe nachgedacht und möchte dich um einen Gefallen bitten. Am ersten August ist es genau ein Jahr her, dass dein Großvater starb. Ich werde wahrscheinlich nicht da sein, aber ich habe mir schon seit Monaten – lange, bevor ich nach Hawaii abgereist bin – vorgenommen, etwas Besonderes an … an diesem Tag zu tun … zu seinem Gedenken. Bevor ich hierher nach Hawaii kam, dachte ich, ich gehe vielleicht auf den Friedhof und bringe deinem Großvater ein schönes Essen mit, vielleicht Brathähnchen, Krautsalat und Kartoffelsalat. Weil er die Sachen natürlich nicht wirklich ESSEN würde, dachte ich daran, dich mitzunehmen. Wir könnten zusammen picknicken und einfach ein bisschen mit Garnet plaudern. Nun werde ich aber nicht da sein und ich glaube, ein Picknick ganz allein wird dir nicht besonders viel Spaß machen … Doch ich möchte trotzdem was tun. Willst du vielleicht einen Strauß Sonnenhut vom Blumenbeet abschneiden und sie für uns beide auf das Grab legen?
Wenn du nicht willst, brauchst du es nicht zu tun. Und: Du kannst es an jedem beliebigen Tag machen, es muss nicht unbedingt DIESER Tag sein. Nur zur Erinnerung daran, dass Garnet in dieser Welt war und dass die Welt ein guter Ort war, weil er da war.
Wir gehen gleich zu einem berühmten Wasserfall und sehen zu, wie Leute hoch oben von den

Felsen runter in den Fluss springen! Jeder hier tut das! Meinst du, ich sollte es auch ausprobieren? Dein Onkel Johnson sagte: „Auf keinen Fall!“
Hmm!
Ich vermisse dich sehr und muss dir noch von einer Sache erzählen, bevor ich den Brief abschicke: deine Cousine Leilani wird ROTE HAARE *haben! Sie sieht dir so ähnlich, Ruby. Hast du meine Bilder erhalten?*

Liebe Grüße
deine (für eine Großmutter) gute Taucherin
Miss Eula

AURORA KREISNACHRICHTEN

Morgenausgabe, 23. Juni

Operettenaufführung in Kürze

Die Stadtoperette wird am 1. August aufgeführt. Die diesjährige Aufführung wird (wie bereits in dieser Kolumne berichtet) heißen: „Lieb und teuer ist mir der Ort meiner Kindheit."
Die Hauptrollen für Gesang und Schauspiel werden nach einem Vorsingen vergeben. Es wird auch einen kleinen Chor geben. Das Vorsingen findet am 25. Juni in der Schule von Halleluia statt.
Jeder, der in der diesjährigen Operette mitwirken möchte, ist herzlich eingeladen, daran teilzunehmen. Bitte bringen Sie Ihre eigenen Notenblätter mit.
Es werden Bühnenarbeiter benötigt, die hinter der Bühne tätig sind und Requisiten und Kulissen auf- und abbauen. Nehmen Sie Kontakt auf zur Regisseurin

der diesjährigen Operette, (wie immer) Miss Mattie Perkins, oder kommen Sie einfach zum Vorsingen. Die (übliche) Leiterin für Dekorationen und Kulissen, Miss Eula Dapplevine, ist noch immer in Hawaii. Mrs Ferrell Ishee („Nennen Sie mich Tott!") hat bereitwillig angeboten, hier auszuhelfen.

11

24. Juni

Ruby verbrachte den Vormittag bei den Hühnern. Ihre Mutter war nach Rose Hill gefahren, wo sie einen Vortrag hielt über das Thema: „Einfrieren oder eindosen: Was ist das Richtige für Sie?“

Sie hätte ihre Tochter gerne mitgenommen, doch Ruby wollte zu Hause bleiben.

Es hatte die Nacht hindurch geregnet und von dem ganzen Staub überall war nichts mehr zu sehen. Die Blumen um den Pink Palace waren voller Wassertropfen, die in allen Regenbogenfarben schillerten. Die violetten und blauen und roten und gelben und weißen Blüten sahen aus, als hätte man sie sauber gewaschen und zum Abtropfen ins Freie gestellt.

Ruby liebte den frischen Geruch der Erde nach dem starken Regen. Es hatte sich auch merklich abgekühlt. Sie saß auf den Stufen hinter dem Pink Palace und beobachtete Bemmie und Bess auf dem Hühnerhof, die bei den Wachsbohnen Käfer jagten.

„Hallo.“ Ruby drehte sich in die Richtung um, aus der die Stimme kam. Dove bog um die Hausecke.
„Hallo.“ Ruby kratzte an einem Insektenstich am Ellbogen und starrte Dove finster an.
„Ich habe deine Tante Mattie heute Morgen im Laden getroffen. Sie sagte mir, dass du hier bist.“
„Tja, hier bin ich.“
Dove hatte einen mit Aluminiumfolie umwickelten Teller in der Hand. „Das Haus ist ja ganz rosa!“
Rubys Gesicht hellte sich auf. „Gefällt es dir?“
„Und wie. Sieht echt stark aus!“ Sie hielt Ruby den Teller hin und sagte:
„Hier. Von Tante Tott. Es sind Plätzchen. Sie hat sich Sorgen um dich gemacht. Ich übrigens auch.“
„Danke.“ Ruby stellte den Teller ab und sah Dove mit einem Was-willst-du-von-mir-Blick an.
Dove kratzte sich an der Wange. „Du und Melba, ihr seid keine Freundinnen, oder?“
„Nö.“ Ruby beschäftigte sich wieder mit ihrem Ellbogen.
„Sie hat die Geschichte gar nicht zu Ende erzählt“, fuhr Dove fort. „Ihre Mama, die supernett ist, ist aufgekreuzt und hat sie abgeholt, wegen des Regens.“
Ruby zuckte mit den Schultern und blickte zum Hühnerhof hinüber. Bemmie und Bess hatten sich ins Hühnerhaus verzogen. Sie musste nachsehen, dass Bemmie Ivy nicht piesackte. Sie nahm einen Eimer voll Körner und wechselte das Thema. „Willst du die Hühner füttern?“
Dove strahlte Ruby an.
„Klar!“

Ruby ging zum Hühnerhof und Dove folgte ihr. „In dem Gewächshaus?", fragte sie. Die Glasscheiben des Treibhauses reflektierten das Sonnenlicht. „Da drin sind sie?" Dove trug dieselbe braune Kluft wie am Tag zuvor, mitsamt den Stiefeln und den weißen Socken. Der Hut baumelte auf ihrem Rücken und hinter ihrem Ohr steckte der Bleistift.

Sie erreichten das Gatter.

Daneben erstreckte sich ein riesiges Beet mit Sonnenhut. Die Blumen wogten gegen den Riegel und Ruby schob sie beiseite.

„Hier ist es."

„Deine Tante Mattie hat mir von Miss Eula erzählt und dass sie nach Hawaii gereist ist. Tante Tott hat Farbe gekauft und sie über den Unfall ausgefragt. Es ist schrecklich. Ich weiß, warum du die Geschichte nicht hören wolltest, sie ist so traurig …"

Ruby zuckte zusammen. „Ja, das ist sie." Sie öffnete das Gatter und Bess stürzte sich mit lautem Gegackere auf Ruby. „He! Ich hab's ja schon dabei! Lass das!" Ruby warf eine Hand voll Körner in den hinteren Teil des Hühnerhofs und Bess fiel freudig gackernd darüber her. Dann tippelte auch Bemmie ins Freie. Beim Anblick der Hühner breitete sich auf Doves Gesicht ein vergnügtes Lächeln aus. Sie klatschte in die Hände.

„Keine Ivy", sagte Ruby. „Ich muss sie also wieder mal zum Fressen bringen."

„Hat deine Großmutter gesagt, wann sie zurückkommt?", warf Dove ein.

Ruby verscheuchte eine Hummel von ihrem Kopf. „Nein. Sie erzählt immer nur von Wasserfällen, vom Hulatanzen und dem sabbernden Baby."

„Hast du gewusst, dass es auf Hawaii einen schwarzen Sandstrand gibt? Der Sand ist Vulkanasche."

„Wen interessiert das schon?" Ruby hängte den Eimer an einen Haken.

„Mich. Die Hawaiianer sind sehr interessant. Eines Tages werde ich dorthin gehen. Ich hoffe, deine Großmutter kommt zurück, bevor der Sommer vorbei ist, damit ich sie noch interviewen kann."

„Mach bloß kein Interview mit mir, Dove. Ich möchte auf keinen Fall von dir interviewt werden."

Dove schob die Hände in die Hosentaschen und sah sich das Gewächshaus an. Einige Fenster waren geöffnet und ein leichter Wind rüttelte an den Fliegengittern. „Deine Miss Mattie sagt, dass übermorgen das Vorsingen für die Operette beginnt. Sie hilft bei der Bühnendekoration."

„Ha!" Ruby wischte sich die Hände an ihrer Latzhose ab. „Ich sag dir mal was über die Operette. Miss Mattie führt immer Regie, also macht es schon mal keinen Spaß. Und außerdem kriegt Melba Jane sowieso immer die Kinderhauptrolle. Warum also sollte jemand anders überhaupt dort aufkreuzen?"

„Sie brauchen noch einige Bühnenarbeiter. Das möchte ich machen."

„Wenn's dir Spaß macht." Bemmie und Bess stritten um die Körner. Sie hörten sich an wie zwei alte Weiber, die sich gegenseitig ankeifen.

„Ich will nicht allein hingehen. Willst du mitkommen?"
Ruby überlegte. Wenn *sie* nicht mitging, dann würde es *Melba* tun. Und wenn sie hinter der Bühne arbeitete, musste sie Melba vielleicht überhaupt nicht sehen. Oder zumindest würde Melba sie nicht sehen.
„Ich werd's mir überlegen …"
„Gut! Danke."
„… aber nur um zu sehen, wie es so geht. Miss Eula wird mich nämlich fragen, wie es war." Schließlich tapste Ivy aus dem Gewächshaus heraus. „Mensch, Ivy! Du musst ja einen Bärenhunger haben!" Bemmie lief schnurstracks zu Ivys Nest. „Oh nein, das lässt du ganz schön bleiben!" Ruby stürzte zur Treibhaustür und knallte sie zu. Bemmie schlug mit den Flügeln und gackerte.
„Das ist Bemmie", brummelte Ruby und schob das Huhn mit dem Knie von der Tür weg. „Sie ist eifersüchtig, weil Ivy Eier ausbrütet und sie nicht." Ruby zeigte auf Bess. „Und die da – die ist wie ein halb verhungertes Ferkel. Sieht nur aus wie ein Huhn." Sie lachte über ihren eigenen Witz. „Sie heißt Bess."
Dove winkte den Hühnern zu. „Hallo Mädels!" Bemmie gackerte, und Bess schlang gierig das Futter hinunter. „Sie lassen sich von Besuchern nicht sonderlich beeindrucken", meinte Ruby.
„Die Hühner machen bestimmt viel Krach."
„Abends beruhigen sie sich, wenn ich ihnen was vorlese."
„Du liest ihnen was vor?"
„Klar. Das beruhigt sie. Komm doch heute Abend noch mal vorbei, dann zeige ich es dir."

„Okay! Was liest du ihnen vor?"
„Das Wörterbuch."
„Das Wörterbuch! Wie liest man denn ein Wörterbuch vor?"
„Wieso? Man liest es ganz normal vor. Es gibt eine Menge komischer Wörter im Wörterbuch."
„Da habe ich was Besseres. Ich bringe es heute Abend mit."
„Aber sie mögen das Wörterbuch."
Die Mädchen gingen zum Eingang des Gewächshauses zurück, wo Ruby die Folie von Tante Totts Teller entfernte. Sie nahm ein Plätzchen und betrachtete es. Es war so flach wie ein Fingernagel.
„Ich würde das nicht essen, wenn ich du wäre. Ich glaube, sie hat ein paar Zutaten vergessen. Oder sie hat von irgendwas zu viel reingerührt."
„Wow!" Ruby hob die Augenbrauen und hielt das Plätzchen über ihren Kopf, um seine Unterseite zu betrachten. „Ich habe noch nie ein so vermurkstes Plätzchen gesehen."
„Du solltest erst mal ihr Kartoffelpüree sehen. Das sieht aus wie zäher Klebstoff und schmeckt echt schlimm. Aber Onkel Tater mag alles, was sie kocht. Ich esse viel Erdnussbutter und Marmelade."
„Komm doch heute Abend vorbei und iss mit mir und meiner Mama zu Abend, wenn du Lust hast. Mama ist die beste Köchin im ganzen Landkreis."
Dove zögerte.
„Ich bin schon bei Melba eingeladen."

„Oh." Ruby schnaubte und stolzierte in den Pink Palace. Den Teller mit den Plätzchen ließ sie stehen. „Viel Spaß." Sie schloss die Tür.

25. Juni

Liebe Miss Hula,
gestern Abend hat mich Dove besucht, als ich den Hühnern was vorlas. Sie war vorher mit ihrem Kassettenrekorder, der Kamera und einem Bleistift mit Notizblock bei Melba Jane gewesen, im Kosmetiksalon ihrer Mutter.
Dove sah schrecklich aus!
„Mach das Zeug von deinem Gesicht weg!", sagte ich zu ihr. „Damit erschreckst du Ivy. Sie ist sehr empfindlich, wenn sie brütet."
Aber Dove schminkte sich nicht ab, also musste ich mich an ihren Anblick gewöhnen. Und Ivy auch.
Dove hat Melba von den Küken erzählt und dass sie bald ausschlüpfen. Und Melba sagte, irgendwer sollte die Eier lieber zum Frühstück essen. Sie ist abscheulich. Dove nahm die Hühner auf Band auf. Bess wollte das Mikrofon aufessen. Dann machte Dove ein paar Fotos. Bemmie wollte sich die Kamera unter den Nagel reißen.
Zu deiner Information: Dove brachte gestern Abend ein Buch mit – DIE INSELN HAWAIIS

AUF EINEN BLICK. Davon schliefen die Hühner sofort ein. Wie schaffst du es da drüben bloß, wach zu bleiben?
Dove kommt morgen zu Mama und mir zum Abendessen. Sie will Mama bei der Arbeit auf Band aufnehmen. Ich sagte ihr, sie soll Mama beim Kochen aufnehmen und das dann ihrer Tante Tott vorspielen.

Liebe Grüße
dein (trauriges) Enkelkind
Ruby L.

Noch wegen Dove: Anthropologin. So wird es geschrieben. Wie Margaret Mead. Kennst du die?

25. Juni

Liebe Miss Eula-Miss Eula!
Wahnsinn! Ich habe gerade nach den Küken geschaut und kann sie in den Eiern PIEPSEN hören! PIEPSEN! Die Küken schlüpfen bald aus! Mama ist auch gekommen und hat zugehört. Sie hat gestaunt! Ich hab ihr gesagt, sie würde bald Großmutter werden und sie hat gemeint: „Denkst du!“ Das muss ich Dove erzählen. Ich treffe sie in der Schule, wo das Vorsingen für die Operette stattfindet.

Ich werde hinter der Bühne arbeiten. Ohne dich!
Wie schade! Und hurra! Für die Küken!
Ich muss JETZT gehen!

Liebe Grüße
deine (aufgeregte!) Enkeltochter
Ruby L.

So hört es sich an:
PIIIIIIIIIIIEEEEEEEPPPPSSSS!

12

25. Juni

„Lass mal sehen.“ Rubys Mutter stand barfuß in der Küche und wickelte Feigenbrot ein, das frisch aus dem Ofen kam. Ihre Haare hatte sie zu einem Zopf geflochten. Mit dem Arm wischte sie sich den Schweiß von der Stirn. „Bringst du Miss Mattie ein paar Brote vorbei, Ruby, wenn du zur Schule gehst? Sie isst sie doch so gern und ich hab ein neues Rezept ausprobiert.“
Ruby runzelte die Stirn. „Schreibst du ihr einen Zettel, damit ich ihr es nicht erklären muss?“
Ihre Mutter seufzte. „Schon gut. Hol den Wagen, ich schreib Miss Mattie was dazu.“
Ruby kam mit dem kleinen Leiterwagen wieder, in dem Bemmie hockte. Um den Hals trug Bemmie ein großes Taschentuch, an dem ein Gummiband befestigt war, das Ruby um die Leisten des Wagens geschlungen hatte.
„Um Gottes willen! Nimmst du sie etwa mit?“
„Geht nicht anders. Ich hab Angst, dass sie sonst Ivy wieder nervt.“

Ruby hievte den Karton mit den Brotlaiben in den Leiterwagen und stellte ihn neben Bemmie ab, die ein lautes Gezeter veranstaltete und so tat, als hätte sie überhaupt keinen Platz, um sich zu bewegen. Ruby tätschelte sie. „Still jetzt, du Dummerchen. Wir machen einen Ausflug. In der Schule wird es dir gefallen."

Rubys Mutter schlüpfte in ihre Schuhe. „Während du weg bist, bin ich auf Petersons Farm. Ich bringe Mr Ishee ein paar Brote und plaudere ein wenig mit ihm."

Ruby winkte ab. „Iss ja nichts bei denen."

Der Leiterwagen holperte und polterte über die schmutzige Straße. Bemmie gackerte die ganze Zeit über laut. Ruby sang ihr was vor. Bienen summten in den Trompetenblumen, die die Straße säumten.

Die Schule war gerammelt voll. Ruby stellte ihren Wagen unter einen schattigen Kirschbaum hinter dem Gebäude. Sie hockte sich hin und sah Bemmie in die Augen. „Du wartest hier. Ich muss was abliefern, dann bringe ich dir Wasser." Bemmie blickte sie empört an und gackerte lauthals.

Ruby hob die Schachtel mit den Broten mit einem „Uff" hoch und betrat die Schule durch den offenen Hintereingang, der der Bühne am nächsten gelegen war. Als sie aus dem gleißenden Sonnenlicht hereinkam, war sie zunächst wie blind. Im dunklen, kühlen Gang blieb sie kurz stehen, damit sich ihre Augen an die Dunkelheit gewöhnen konnten.

Sie hörte ein Klavier, das war sicher Mrs Varnado. Sie würde sie Dove vorstellen. Als Ruby durch den Gang lief, hörte sie Melba Jane singen. Vor ihrem geistigen Auge sah sie Melba, wie sie sich auf die Brust schlug, auf die Knie fiel, die Hände zum Himmel erhob, so wie sie es immer tat, wenn sie auf der Bühne stand. Grässlich!

Ruby entdeckte Miss Mattie, die in der zehnten Reihe auf einem Platz am Gang saß, ein Klemmbrett auf dem Schoß. Sie hörte Melba aufmerksam zu. Neben ihr saßen vier weitere Zuhörer, jeder mit einem Klemmbrett und einem Bleistift in der Hand.

Ruby stellte den Karton in dem dunklen Gang ab und reichte Miss Mattie die Notiz ihrer Mutter. Miss Mattie las sie und nickte, als wollte sie sagen: „Ja, ja, ich habe verstanden, danke, lass mich jetzt in Ruhe, ich habe Wichtigeres zu tun." Ruby hob die Hand und ging durch den Gang zurück zum hinteren Teil der Bühne, ohne Melba Jane auch nur eines Blickes zu würdigen. Das Zuhören war schon schlimm genug.

Auf der Mädchentoilette kramte sie einen Majonäse-Deckel aus der Vordertasche ihrer Latzhose und füllte ihn mit Wasser. Sie trat in das helle Sonnenlicht hinaus und schirmte ihre Augen mit der Hand ab. „Da, für dich, Bemmie-Mädchen."

Ruby blinzelte. Der Leiterwagen war leer. Das Gummiband und das Taschentuch lagen auf dem Boden. Von Bemmie keine Spur.

„Verflixt!" Ruby stellte den Deckel mit Wasser auf den leeren Wagen. Sie hatte keine Ahnung, wo sie zuerst nach dem ausgerissenen Huhn suchen sollte. Sollte sie denselben Weg zurückgehen, den sie gekommen war? Vielleicht lief Bemmie zurück zum Hühnerhof, um sich auf Ivys Eier zu setzen.

Ruby hatte kaum Zeit, darüber nachzudenken, denn plötzlich ertönte aus der Schule ein schriller Schrei, gefolgt von einem „*Nehmt das Viech weg von miiiiiiir!*" Melba.

13

Ruby stürmte ins Schulhaus. Sie hastete den Gang entlang und lief in der plötzlichen Dunkelheit stolpernd die drei Stufen zur Bühne hinauf. In ihrer Panik schlug sie mit den Händen auf den schweren Samtvorhang ein, um einen Durchgang zur Bühne zu finden. Das Klavier machte *plink! plenk! plank! plink! plenk! plank!*, die Tonleiter immer rauf und runter. Ruby kroch unter dem Vorhang hindurch und richtete sich auf.

Da saß Bemmie – auf den Klaviertasten. Mrs Varnado drückte sich gegen die Wand neben dem Klavier und hielt die Augen fest geschlossen.

Die Bühnenarbeiter eilten auf die Bühne. Tott griff sich erschrocken an die Brust. Dove, die eine Rolle Transparentpapier umklammert hielt, rief Melba zu: „Schon okay! Ist bloß ein Huhn! Ein Huhn!“ Doch Melba war überhaupt nicht okay. Sie war ganz außer Rand und Band.

Bemmie wandte den Kopf ruckartig in die Richtung, aus der Melbas Schreie kamen. Dann sprang sie vom Klavier hinunter und flitzte, aufgeregt gackernd, ausgerechnet zu

Melba hinüber. Melbas Augen wurden so groß wie Rosinenbrötchen. Sie stürzte davon.
Miss Mattie war schon auf den Beinen. „*Schafft das Huhn hier raus!*" Melba stolperte an Ruby vorbei und fiel in den Samtvorhang. Ruby wollte Bemmie einfangen, doch das Huhn hüpfte auf Melbas Rücken und krakeelte in voller Lautstärke. Melba sprang augenblicklich auf und warf dabei eine Leiter um, was ein lautes Gepolter verursachte. Bemmie gackerte erschrocken und flatterte von der Bühne. Sie huschte in dem dunklen Gang an Miss Mattie vorbei. Miss Mattie schlug mit dem Klemmbrett nach dem Huhn, aber Bemmie türmte nun in Richtung Hinterausgang und verschwand.
Miss Mattie stapfte die vordere Treppe zur Bühne hinauf. Ruby stand bei den anderen und starrte Melba Jane an. Melba stand ganz still da. Sie sagte kein Wort und war total blau. Auf der obersten Leitersprosse hatte ein Farbtopf gestanden, und jetzt war Melba von Kopf bis Fuß mit Farbe voll gekleckert. In taubenblauen Rinnsalen triefte die Farbe unablässig von ihrem Kopf herab, auf ihre Schultern, ihre Nase, ihr Kleid aus Krepppapier und ihre glänzenden roten Schuhe.
Keiner sprach ein Wort. Im Zuschauerraum, der nur wenige Augenblicke zuvor von Geschrei und Getöse erfüllt gewesen war, herrschte Totenstille.

„Wie *konntest* du nur das Huhn hierher bringen?"
Miss Matties Stimme brach das Schweigen und plötzlich redeten alle durcheinander. Alle standen um Melba Jane

herum. Jemand holte eine Rolle Papierwischtücher, um die Farbe von ihr abzuwischen. Ruby wandte den Blick von Melba ab und starrte Miss Mattie mit offenem Mund an. Sie brachte keinen Ton heraus. Da sie unter dem Bühnenvorhang durchgekrochen war, war sie voller Staub. Und ihr rotes Haar quoll aus dem Pferdeschwanz heraus und stand in alle Himmelsrichtungen ab.

Melba war bewegungslos, wie zur Salzsäule erstarrt. Tott schnappte sich ein Tuch vom Boden und wickelte es um Melba Jane. „Sie hat einen Schock." Sie nahm Melba in ihre großen Arme und überall sickerte Farbe durch. „Wo ist die Toilette? Wir brauchen Wasser."

Miss Mattie wandte sich ruckartig von Ruby ab. „Der Schlauch ist draußen. Wir müssen sie abspritzen, wenn die Farbe weggehen soll."

Tott schüttelte den Kopf. „Sie braucht Wärme." Sie sah Melba an. „Alles wird gut. Sehr gut. Wir bringen dich gleich wieder in Ordnung, mein Schatz." Melbas Augen waren geschlossen. Sie sah aus wie Tott.

Mrs Varnado hatte ihre Fassung wiedergewonnen. „Hier lang." Sie wies den Weg zu den Mädchentoiletten. Ruby folgte der Menge und versuchte, die Sache zu erklären. „Es war ein Unfall … ehrlich. Ich wollte Bemmie hier nicht reinholen. Ich wollte sie nur von Ivy fern halten … Ivy wird Küken haben und …" Sie verstummte, als aus der Toilette ein Schluchzen drang.

Auch Ruby war den Tränen nahe. Keiner hörte ihr zu. Wahrscheinlich glaubte ihr sowieso keiner. Sie bahnte sich einen Weg nach draußen. Den Leiterwagen ließ sie unter dem Baum stehen und rannte zum Pink Palace. Sicher würde sie Bemmie dort finden. Sie wünschte, Miss Eula wäre auch dort. Sie würde zuhören, wenn die ganze Geschichte aus Ruby heraussprudelte. Dann würde sie genau das Richtige sagen, damit sich Ruby wieder besser fühlte. Aber sie war nicht da. Ruby musste selbst einen Weg finden, um sich besser zu fühlen.

25. Juni

Liebe Miss Eula,
ich habe Bemmie gefunden. Sie war auf dem Hühnerhof der Butterfields. Das Gatter stand offen und sie pickte einfach nach den Körnern, die dort lagen. Sie und Herman fraßen zusammen und gackerten wie verrückt. Ich nahm sie mit und brachte sie nach Hause. Ihre Füße sind ganz hellblau.
Melbas Mama machte gerade eine Dauerwelle für Mrs Popham. Sie unterbrach ihre Arbeit aber, um Melba unter die Dusche zu stellen. Mama sagt, sie ist immer noch etwas blau, aber sonst geht es ihr gut, außer ihrem Haar. Melba erzählt jedem, ich hätte es absichtlich gemacht.
Heute Nacht schlafe ich bei den Hühnern. Ich schlafe auf unserer Steppdecke. Dove wollte kommen, aber dann kam sie doch nicht. Egal. Ich sehe zu, wie Ivys Küken auf die Welt

kommen. Sie piepsen jetzt die ganze Zeit und können jeden Augenblick aus ihren Eiern schlüpfen.

Deine (wieder mal einsame) Enkeltochter
Ruby L.

Meine Ausrüstung für heute Nacht: Es ist Vollmond und ich kann draußen gut sehen. Ich habe trotzdem eine Laterne mit Batterien, eine große Taschenlampe, eine Feldflasche voll Wasser, zwei Stück Marmorkuchen (Glückszahl!) und das Wörterbuch, damit ich Ivy beruhigende Wörter vorlesen kann, während die Küken ausschlüpfen. Es wär so schön, wenn du da wärst.

14

„… Moräne … Morast … Moratorium …“ Ruby hatte das Wörterbuch auf dem Tisch aufgeschlagen, die Ellbogen auf beiden Seiten aufgestützt und wahllos irgendwelche Wörter vorgelesen. Sie saß auf einem Hocker, den sie ins Gewächshaus geschleppt hatte. Die Laterne leuchtete neben ihrem Kopf. Zum Abendessen hatte sie altbackenes, in Buttermilch zerbröseltes Maisbrot gehabt. Denn ihre Mutter war sehr lange bei den Lathams gewesen und erst spät nach Hause gekommen. Ruby hatte gesagt, sie sei sowieso nicht hungrig.

„Du und Melba, ihr müsst miteinander reden“, hatte ihre Mutter gesagt, aber Ruby hatte sich geweigert, mit ihr zu den Lathams zu gehen.

Jemand klopfte an die Tür des Gewächshauses.

„Dove!“ Ruby rutschte vom Hocker herunter und öffnete die Tür einen Spalt breit. „Komm schnell – Bemmie sitzt draußen bei Bess. Sie will unbedingt hier reinkommen, zu Ivy und den neuen Küken.“

„Sind sie schon da?“ Dove trug einen Schlafsack in den Armen und einen Rucksack auf dem Rücken. Sie war genauso angezogen wie bei ihren ersten Begegnungen mit Ruby.

„Noch nicht. Mann, bin ich froh, dich zu sehen!“

„Ich auch.“ Dove rollte den Schlafsack neben Rubys Steppdecke. Sie beide füllten den ganzen Platz in dem kleinen Gewächshaus aus.

„Ich hätte nicht gedacht, dass du kommst. Was heute passiert ist, war wirklich ein Unfall.“

„Ich weiß. Ich war nur so … so … geschockt! Alle waren es. Miss Mattie war so wütend auf dich, und sie glaubt, du hast es absichtlich gemacht. Ich wusste es ja nicht, woher sollte ich es auch wissen? Ich habe schon gemerkt, dass du und Melba nicht miteinander klarkommt, und …“

Ruby unterbrach Dove. „Wie kannst du so reden, ohne Luft zu holen?“

„… und ich hab deine Mama bei den Lathams kennen gelernt. Ich mag sie. Sie erzählte Tante Tott und allen anderen, dass du Bemmie von Ivy fern halten wolltest, so wie du’s gesagt hast, und dann redeten sie und Melbas Mama eine Weile, während sie in der Zimmerecke standen – das habe ich nicht auf Band –, und dann tätschelte Melbas Mama deine Mama auf den Arm und ging wieder zu Melba, und Miss Mattie sagte: ‚Evelyn, du musst mit dem Kind was tun‘, und deine Mama sagte – das habe ich auf Band! Willst du es hören?“

„Nein“, sagte Ruby. Doch sie brannte darauf, es zu hören.

„Na ja, egal. Ich habe meine Ausrüstung heute Abend mitgebracht. Eine neue Kassette hab ich auch dabei, die muss ich jetzt erst mal beschriften.“

Dove machte ihren Rucksack auf und zog den Kassettenrekorder und die Kamera heraus. Sie schlug im Notizbuch eine neue Seite auf, sah auf ihre Armbanduhr und schrieb:

26. Juni. Im Gewächshaus beim Pink Palace, gleich außerhalb der Stadt Halleluia, Mississippi, 22.07 Uhr. Wir warten darauf, dass die Küken von Ruby Lavender ausschlüpfen. Dies wird aufgenommen auf Kassette Nummer 7. Hier nun MEINE EINDRÜCKE von diesem Ereignis, das ich hier präzise aufzeichnen werde.

Unterschrift: Helen Dove Ishee,
Anthropologin in der Ausbildung

Dove drückte ein paar Tasten und prüfte, ob ihre Kassette aufnahmebereit war. Einige Augenblicke lang herrschte Stille. Dann runzelte Dove die Stirn und sah Ruby an. „Hast du gehört, dass Melba sich die Haare abschneiden lassen musste?“
Ruby zog die Knie bis zum Kinn hoch und schwieg.
„Sie sieht einfach schrecklich aus.“
Ruby verschränkte die Arme über den Knien und sagte noch immer kein Wort.
„Sie tut einem richtig Leid!“, sagte Dove.
Ruby warf Dove ihren Halt-die-Klappe-Blick zu, aber Dove kapierte es nicht. „Willst du mein Interview mit ihr

hören? Ich habe sie interviewt, nachdem die Haare abgeschnitten waren. Sie hatte gerade in den Spiegel geschaut. Sie redet sehr laut, man versteht jedes einzelne Wort."

„Ich will es nicht hören", fauchte Ruby.

Doves Gesicht nahm einen erstaunten Ausdruck an. Ruby seufzte und schob den linken Träger ihrer Latzhose hoch. „Mama hat mir schon von Melbas Haaren erzählt, Dove."

Dove sah Ruby an. Ruby zappelte herum. „Okay", gab sie zu. „Es sah furchtbar aus, als sie dastand und die ganze Farbe an ihr heruntertropfte." Sie strich sich die Haare aus dem Gesicht. „Aber es war nicht meine Schuld." Sie stützte die Stirn auf ihre Arme und seufzte erneut. „Ich kann Melba nicht leiden. Und ich hasse es, dass du sie leiden kannst."

Eine Fliege schwirrte um Rubys Kopf. Draußen fingen Bemmie und Bess an zu gackern. „Sie sollten eigentlich schlafen", meinte Ruby.

„Warum kannst du sie nicht leiden?"

„Sie hasst mich."

„Warum hasst sie dich?"

Ruby wischte sich mit der Hand den Schweiß von der Oberlippe.

„Es gibt keinen Grund."

„Es muss einen Grund geben."

„Sie ist gemein zu mir."

„Zu mir war sie sehr nett."

„Sei froh. Du bist neu hier. Sie will jetzt alles über dich wissen. Wie alle anderen auch."

Dove streckte sich auf dem Schlafsack aus und begann, in ihr Notizbuch zu kritzeln. Bemmie und Bess gackerten pausenlos und Ruby stand auf. „Ich muss nach den Hühnern sehen. Vielleicht ist da draußen ein Stinktier …“
Dove hörte gar nicht zu. „Warum ist Melba seit dem Unfall im letzten Sommer so wütend auf dich? Was ist letzten Sommer passiert?

15

Ruby ging zur Gewächshaustür und warf einen Blick über die Schulter zurück. Sie wechselte das Thema.

„Warum trägst du immer dieselben Klamotten, Dove? Hast du keine anderen?“ Sie legte die Hände an die Stirn und spähte durch die Glaswände nach draußen, bemerkte jedoch nichts Ungewöhnliches auf dem mondbeschienenen Hühnerhof. Bemmie und Bess hatten sich offenbar wieder beruhigt.

Dove gab bereits eine Erklärung ab. „… Ich hab eine ganze Menge davon. Es sind alles die Gleichen. Ich hab zu meiner Mama gesagt, sie soll mir sechs Hemden und sechs Hosen kaufen, alle genau gleich, und natürlich auch Sechser-Packungen mit genau den gleichen Socken, und dazu trag ich immer meinen Hut und die Stiefel. Ich steh auf die Klamotten. Sie sind echt gut für die Arbeit einer Anthropologin, für die Arbeit draußen.“

„Dann ist es eine Uniform, wie beim Militär, oder wie bei einem Automechaniker.“ Rubys Magen knurrte und sie kroch unter den Tisch und suchte nach dem Kuchen. „Hast du heute Abend schon was gegessen?“

Dove nickte. „Deshalb bin ich auch später gekommen. Ich hab bei deiner Tante gegessen."
„Miss Mattie?"
„Klar. Sie hat mich, Tante Tott und Onkel Tater zum Abendessen eingeladen, nachdem Melba wieder sauber war. Was machst du?"
Ruby schob einen Beutel Blumendünger beiseite und suchte unter dem Tisch. „Ich wette, die ganze Stadt war bei Melba zu Hause."
„Es war auch eine Reporterin da. Sie war ziemlich alt und runzlig und voll gepudert. Miss Mattie sagt, dass sie eine Nachbarin von Miss Eula ist und ziemlich doof. Sie meinte: ‚Red auf keinen Fall mit ihr. Alle nennen sie nur Knüller-Pheobe.' Also hab ich es bleiben lassen. Aber ich hab mir viele Notizen gemacht. Es ist ein Glück, alle Geräte bereitzuhaben, wenn ein echt schlimmes Ding passiert. Man kriegt dann Interviews aus erster Hand, besonders wenn die Leute gesprächig sind und einem alles darüber erzählen wollen. Ich wollte ein Foto von Melba machen und es mit denen vergleichen, die ich gestern von ihr gemacht habe, aber ich glaub nicht, dass sie es mir erlaubt hätte."
„Es war nur ein Eimer Farbe!"
„Na ja, aber eine ziemlich hartnäckige Farbe! Melbas Kopf ist voll mit hellblauen Flecken, sieht aus wie ein Flickenteppich. Mr Popham sagte: ‚Das Blau kriegt man von ihrer Birne nur weg, wenn man sie in Terpentin taucht.' Da fing Melba wieder an zu heulen und ihre Mama meinte: ‚Harvey, das hilft uns nicht weiter.' Und

sie hat alle nach Hause geschickt, aber ich konnte noch kurz mit Melba in ihrem Zimmer reden – da habe ich sie auf Kassette aufgenommen."

Ruby erspähte den Kuchen, kam aber nicht an ihn heran. Ihre Stimme klang dumpf, während sie unter dem Tisch herumkroch.

„Geschieht ihr ganz recht. Sie hat sich über meine Hühner lustig gemacht und mich ständig gehänselt. Es ist mir piepegal. Ihre Haare waren sowieso hässlich."

„Aber sie *hatte* welche! Sie ist stinksauer auf dich!"

Bess gackerte wieder lauter und Ruby horchte. Dann verstummte Bess. „Was ist nur mit den beiden los?" Ruby angelte sich die Kuchentüte mit einem Besenstiel und schnappte sie sich. „Hab sie!", jubelte sie. „Sie sind nur ein bisschen zerdrückt." Sie kroch rückwärts unter dem Tisch hervor und setzte sich auf die Steppdecke. „Wen juckt es schon, ob Melba sauer auf mich ist. Mich nicht. Mir ist sie völlig gleichgültig."

„Mir nicht."

Ruby funkelte Dove an. „Dir geht es doch nur darum, deine alten Tratschgeschichten auf Band aufzunehmen. Du bist genauso neugierig wie Mrs Knüller-Phoebe mit ihrer Kolumne."

Dove wurde rot und sie zupfte etwas Stroh von ihrer Socke weg. Ruby seufzte. „Tut mir Leid. Wirklich." Sie gab Dove ein Stück Kuchen und behielt das unansehnliche für sich, in der Hoffnung, Dove würde es merken. Dove nahm den Kuchen, sagte aber nichts dazu, dass sie den besseren bekam.

Ruby strich sich die Haare aus dem Gesicht. „Ich hab es nicht so gemeint", sagte sie sanft. „Ich weiß, dass deine … Arbeit wichtig ist."

„Ich finde es schrecklich, eine Glatze zu haben …" Dove biss von dem Kuchen ab und redete dann – mit nachdenklichem Gesichtsausdruck, als wäre es ihr gerade eingefallen – mit vollem Mund weiter. „Ich meine, die Mönche in Tibet sind glatzköpfig, sie wollen es so haben, und sie sehen alle gleich aus, sie tragen sogar die gleichen Kleider, so alte braune Gewänder, die wie Kartoffelsäcke aussehen. Sie lächeln immerzu und sehen die ganze Zeit so friedlich aus. Ich wette, es gibt eine Vorschrift, dass sie ständig so friedlich gucken müssen, das krieg ich raus, wenn ich dort bin – und sie haben Glatzen, aber hier … Hier haben nur alte Männer Glatzen und das sieht gut aus, aber Kinder mit Glatzen sehen echt krass aus, und wenn man dazu auch noch blau ist, ist es noch schlimmer. Ich kenne keinen, der freiwillig blau ist."

Ruby ließ sich nach hinten fallen. „Um Himmels willen, Dove!"

Draußen fingen die Hühner wieder an zu gackern. „Geht schlafen, Mädels!", rief Ruby.

Ivy gluckte jetzt lauter und rutschte auf dem Nest hin und her, ein wenig nach links, ein wenig nach rechts, dann saß sie wieder ruhig da.

Doves Augen wurden groß. „He! Höre ich da ein Piepsen?"

„Jaaaaa!", jubelte Ruby. Sie warf den Kuchen auf die Steppdecke und beugte sich zu Ivy hinüber. „Halt deinen

Kopf nah ans Nest, dann kannst du hören, wie die Küken die Eierschalen aufpicken."

„Meine Fresse!", entfuhr es Dove. Sie zerdrückte versehentlich ihr Kuchenstück unter dem linken Knie. „Wie geht das? Was geschieht dann?"

„Während die Küken es unter Ivys Federn warm haben und an den Eierschalen picken, werden sie stärker. In der Mitte der Schale picken sie ringsherum Löcher hinein und dann drücken sie heftig mit den Füßchen dagegen und schlüpfen heraus. Sie müssen es ganz allein schaffen, sonst sind sie nicht stark genug, um in der Welt zu überleben. Ivys Glucken heißt so viel wie: ‚Na los, ihr schafft es.'"

Dove lauschte. „Sie sprechen schon miteinander."

Draußen in der mondhellen Nacht machten sich auch Bess und Bemmie wieder bemerkbar und gackerten laut. Und diesmal hörten sie nicht auf damit.

„Pssst, ihr Hennen!", rief Ruby. Aber Bemmie und Bess gackerten immer lauter und wollten gar nicht mehr aufhören. Plötzlich wusste Ruby: Da stimmte was nicht.

16

Dove blinzelte. „Was ist los?" Ruby riss die Gewächshaustür auf und stürzte hinaus in die Nacht. Sie sah Bess in Panik über den Hühnerhof rennen. Rubys Herz begann zu hämmern. Sie konnte Bemmie nirgends entdecken und rannte wieder ins Gewächshaus. „Wirf mir einen Lappen aus dem Eimer rüber, Dove!" Rubys Herz raste jetzt wie verrückt, *beeil-dich-beeil-dich.*

Dove sprang auf. „Wofür?"

„Ich werfe ihn Bess über die Augen, damit ich sie einfangen kann. Schnell!"

Dove griff nach dem Eimer, trat jedoch versehentlich mit dem Fuß dagegen und stieß ihn zwischen zwei Strohballen.

Bäng! Ein schwerer Gegenstand knallte auf den Boden neben der Tür, wo Ruby wartete. Bess gackerte erschrocken. Ruby spähte in die mondhelle Nacht hinaus. Jetzt sah sie es – der Hof war von Steinen übersät! Sie hatte den Hühnerhof stets sauber gehalten und Schmutz weggefegt – aber jetzt warf jemand mit Steinen! Ruby stockte der Atem. Sie hielt die Tür des Gewächshauses mit dem

Fuß offen und streckte Dove die Arme entgegen. „Beeilung, Dove!“

Dove warf ihr den Lappen zu. Ruby griff danach und strauchelte.

Bäng! Wieder. Noch ein Stein. Und noch einmal machte es *bäng!* Verzweifelt rappelte sich Ruby auf, raffte den Lappen an sich und stürzte zur Tür. Doch bevor sie ins Freie gelangen konnte, ertönte ein ohrenbetäubender Knall. Ruby hielt sich mit den Händen die Ohren zu und schrie. Dove schrie ebenfalls. Die Mädchen duckten sich und hielten die Hände schützend über den Kopf, als eines der Gewächshausfenster in tausend Teile zerbarst und ein Regen aus Glas auf sie niederprasselte. Die Laterne fiel zu Boden und ging aus.

„Ruby!“ Dove hockte unter dem Tisch, doch Ruby war in der Nähe der Tür. Sie lag regungslos und zusammengerollt auf der Steppdecke. Mondlicht flutete durch die Fensterscheiben und über ihren Rücken.

„Ruby!“, schrie Dove. Langsam hob Ruby den Kopf und holte tief Luft. „Bist du okay?“ Ruby nickte und spuckte auf den Boden. Überall um sie herum lagen Glassplitter, vielleicht hatte sie sogar welche im Mund, aber sie war okay. Dove war okay, Ivy war …

Ruby sah das Nest nicht mehr. „Wo ist Ivy!“

Dove sprang auf. „Das Nest ist umgefallen! Ich sehe sie nicht!“

Ruby geriet in Panik. Sie kroch unter den Tisch und schnitt sich, da sie nicht auf die Glasscherben achtete. Bess hatte bei dem Versuch hereinzukommen die Tür des

Gewächshauses zugeschlagen. Jetzt scharrte sie am Glas und gackerte, damit man sie hereinließ. Doch Ruby hörte sie nicht, sie rief nach Ivy. „Wo bist du, Ivy!“ Angst stieg in ihr auf.

„Wo ist die Laterne, Dove? Hast du die Taschenlampe?“ Ruby streckte die Hände aus und tastete vorsichtig auf dem dunklen Boden herum. An ihrer rechten Hand spürte sie Federn, und ein erschrockenes Huhn gackerte und pickte nach ihrer Hand. „Ivy! Autsch! Hier ist sie!“

Rubys Hand blutete, als sie nach der Taschenlampe griff. Sie schaltete sie ein und ließ den Lichtkegel über den Boden des Gewächshauses gleiten. Neben einem Sack Torf saß Ivy still auf einem bisschen Stroh, das aus dem Nest gefallen war. Daneben lag ein großer Stein, an dem mit einem Gummiband ein Zettel angebracht war.

„Mein Gott, Ivy, mein Gott.“

„Hier ist ein Ei!“, rief Dove triumphierend. Dann klang sie plötzlich ganz niedergeschlagen. „Es ist zerbrochen“, sagte sie mit brüchiger Stimme. „Hier ist noch eins. Oh nein …“ Ihre Stimme verlor sich.

Ruby hörte sie nicht. „Sie will nicht, dass ich sie anfasse. Ich weiß nicht, ob sie verletzt ist.“

„Ich kann nur zwei Eier finden. Gib mir mal die Taschenlampe, Ruby.“ Dove nahm die Taschenlampe. „Komm, hilf mir suchen, wir müssen das andere Ei finden. Diese zwei sind …“

Ruby wurde hellhörig. „Was? Sie sind was?“

„Zerbrochen. Einfach zerbrochen. In lauter kleine Stückchen.“

„Lass mal sehen", sagte Ruby mit erstickter Stimme. Dove leuchtete die Eier an. Sie lagen offen da, mit warmen, feuchten Küken darin. Die Küken bewegten sich nicht und gaben keinen Laut von sich. Die Eier waren zu tief gefallen und zu früh zerbrochen, als dass die Küken allein überleben konnten.
Ruby war wie gelähmt. Sie starrte auf ihre Küken ... da waren sie gewesen, piepsend und pickend ... und jetzt war nichts mehr. „Nein!", flüsterte sie. Sie hörte nichts – kein Piepsen, kein Picken, und keine Bemmie und Bess ... „Nein!", rief sie laut. Sie sprang auf und stürzte zur Tür hinaus. Als sie nach ihren Hühnern suchte, sah sie plötzlich auf und ab hüpfende Lichter und schemenhafte Gestalten in Bademänteln, die auf den Pink Palace zueilten. Bemmie war verschwunden. Bess hockte auf dem Boden, sie schien unverletzt.
Ruby konnte keinen klaren Gedanken fassen. Sie ging wieder hinein und setzte sich auf einen Strohballen, wobei sie mit den Händen das Gleichgewicht hielt. „Ich weiß nicht, wo Bemmie ist", sagte sie mit matter Stimme. „Da kommen Leute. Ich will sie hier nicht haben."
„Wir brauchen Hilfe, Ruby. Guck uns doch mal an!"
Im Mondlicht konnte Ruby erkennen, dass ihre Hände bluteten. Dove hatte einen langen Kratzer auf der Stirn. Die zerbrochenen Eier mit den Küken, die kurz vor dem Ausschlüpfen gewesen waren, lagen regungslos auf dem Boden.
Ruby berührte sie zärtlich. Sie spürte einen dicken Kloß im Hals und war den Tränen nahe.

„Ivy sitzt auf dem dritten Ei, Ruby. Und es piepst noch.“ Inmitten der Stille vernahm Ruby ein leises Piepsen unter Ivys Federkleid. Ivy antwortete mit einem Glucken darauf. Sie würde sich keinen Zentimeter von ihrem Ei wegbewegen.

Ruby hörte die besorgte Stimme ihrer Mutter und die herrische Stimme Miss Matties. Eine Träne rann über ihre Wange. Sie biss die Zähne zusammen und wünschte sich, alles wäre nur ein böser Traum. Dann hob sie den Stein auf, der durch das Glas geflogen war, entfernte das Gummiband und faltete den Zettel auseinander. Darauf stand:

Ich hasse dich, Ruby Lavender,
und ich hasse
deine doofen Hühner.

Der Zettel war nicht unterschrieben. Das war auch gar nicht nötig. Ruby wusste, wer das getan hatte. Bald würden es alle wissen. Ruby zerknüllte das Papier und wartete darauf, dass die Tür des Gewächshauses aufging.

17

Fragen prasselten auf Ruby nieder.
„Was um alles in der Welt …?"
„Seid ihr verletzt, Mädchen?"
„Passt auf, wohin ihr tretet!"
Jemand hatte die Laterne gefunden und angemacht. Mit Taschenlampen wurde das Gewächshaus abgesucht. Im Schein der Laterne zuckten helle Lichtkegel umher. Rubys Mutter kauerte sich vor den Mädchen nieder und nahm sie gründlich in Augenschein.
„Wir sind total zerkratzt", sagte Dove mit erstickter Stimme.
„Ruby, Liebling?" Ihre Mutter legte ihr die Hand auf den Rücken.
Miss Mattie stand im Eingang.
„Sie sind zu Tode erschrocken, Evelyn, aber es ist nichts passiert."
Rubys Mutter runzelte die Stirn. „Ich weiß nicht …"
Ruby saß vornübergebeugt, den Kopf auf den Knien. Ihre Fäuste umklammerten den Zettel und ihr Atem ging stoßweise. Dove fing an zu weinen.

Miss Mattie begutachtete den Schaden. „Die meisten Fensterscheiben sind aus Sicherheitsglas. Es hätte schlimmer ausgehen können. Die beiden haben Glück gehabt."
„Glück!" Ruby hob den Kopf. Eine Staubspur rann ihre Backe hinab.
„Sieh dir Ivy an! Sieh dir die Küken an! Ich weiß, wer das gemacht hat, es war Melba Jane! Sie hat Ivys Küken getötet."
Vor Wut krampfte sich ihr Magen zusammen. Sie zitterte am ganzen Körper und zeigte auf die Eier am Boden. Ihre Mutter bückte sich und sah unter den Tisch. Die Küken rührten sich nicht.
Miss Mattie hielt die Hand über den Mund, dann zog sie ein Taschentuch aus ihrer Bademanteltasche hervor und gab es Rubys Mutter. „Ich kann mir nicht vorstellen, dass sie das mit Absicht getan hat, aber du hast Recht, wahrscheinlich war sie es. Ich habe sie wie einen verängstigten Hasen weglaufen sehen."
„Ich weiß, dass sie es war! Hier ist ihr Zettel! Sie war es!" Ruby hielt das zerknüllte Papier in der Hand und wedelte damit vor Miss Mattie herum, aber sie gab es nicht her.
„Wo ist das dritte Ei, Schatz?", fragte Rubys Mutter und tupfte Blut ab, das von Rubys Handrücken heruntertropfte. Sie sah aus, als würde sie gleich selbst in Tränen ausbrechen.
Dove schniefte. „Ivy sitzt drauf. Es piepst noch drin."
Miss Mattie ging ins Freie. Ruby hörte, wie sie draußen mit Mr Popham redete „… gehen Sie zu den Lathams rüber und holen Sie Leila und Melba Jane …"

„Bringt sie bloß nicht hierher!“ Ruby sprang auf. „Bringt sie ja nicht in die Nähe meiner Hühner! Bemmie ist auch weg. Ich habe keine Ahnung, wohin sie verschwunden ist. Melba hat das Gatter offen gelassen.“
Ruby strich sich die Haare aus dem Gesicht und hinterließ einen Streifen Blut im Gesicht.
„Du blutest, Kleines.“ Ihre Mutter stand bei ihr und nahm ihren Kopf in die Hände. Sie sah Ruby in die Augen. „Eins nach dem anderen. Kümmern wir uns erst mal um die Schnitte und Kratzer – du auch, Dove. Kommt ins Haus, dort können wir uns das mal näher ansehen.“
„Ich lasse meine Hühner nicht allein.“ Ruby wischte sich die Nase am Hemdärmel ab.
Miss Mattie sagte mit ihrer herrischen Stimme: „Ruby, du kommst jetzt mit mir. Du auch, Dove. Wir machen euch sauber. Evelyn, kommst du hier klar?“
„Ja, Madam.“ Rubys Mutter klang erleichtert.
„Ich gehe nicht!“ Ruby starrte ihre Mutter an.
Miss Mattie streckte die Hand aus. „Ich bringe euch gleich wieder zurück. Ihr tut euren Hühnern nichts Gutes, wenn ihr euch mit Tetanus ansteckt. Wir säubern euch jetzt und sehen nach, ob in den Wunden auch keine Glassplitter stecken.“
Rubys Mutter nickte.
„Ich kümmere mich mit Mr Harvey um das Huhn und um die Glasscherben hier. Wenn ihr zurückkommt, sehen wir alle klarer, okay?“
Ruby blickte Miss Mattie an. „Du bringst Melba Jane nicht hierher, oder?“

„Nein, das tue ich nicht. Wir müssen uns jetzt um andere Dinge kümmern."

Ruby schluckte. Sie roch den Schmutz des Hühnerhofs und das Stroh von Ivys Nest. Ivy saß gluckend auf dem letzten Ei. „Ich bin gleich wieder zurück, Ivy-Mädchen. Du bist ein so tapferes Huhn." Sie wandte sich ihrer Mutter zu. „Sieh mal, wie sie versuchte, ihre Küken zu beschützen", sagte sie mit erstickter Stimme. Erneut schossen ihr Tränen in die Augen.

Auch die Augen ihrer Mutter füllten sich mit Wasser. Sie umarmte Ruby. „Du hast getan, was du konntest, Schatz." Sie legte einen Arm um die schniefende Dove. „Ich rufe deine Tante und deinen Onkel an und erkläre ihnen alles. Ich sage ihnen, dass euch nichts Gefährliches passiert ist. Okay?"

Dove nickte. Sie schniefte wieder und wischte sich die Nase am Handrücken ab. Dann trottete sie Ruby hinterher und sie verließen das Gewächshaus. Ruby, Dove und Miss Mattie traten aus dem Pink Palace und verschwanden anschließend im Haus.

18

Seife und Wasser brannten Ruby wie Feuer auf der Haut, aber Miss Matties heftige Art war diesmal ein Trost. Sie half den Mädchen, ihre Haare gründlich in der großen Küchenspüle zu waschen. Dann mussten beide in Miss Eulas rosarotem Badezimmer duschen. Hinter der Schlafzimmertür entdeckte Miss Mattie Hawaii-Röcke, die ihr Johnson geschickt hatte. Die Mädchen mussten sie anziehen, dann wurden ihre Schnitte und Kratzer versorgt.

„Ein Wunder, dass ihr euch nicht schlimmer verletzt habt“, sagte Miss Mattie nachdenklich, als sie die verschrammte Haut der Mädchen mit Jod abtupfte.

„Ich war unter dem Tisch“, sagte Dove. Sie war immer noch ganz bleich.

„Dankt Gott.“

Ruby hatte während des Haarewaschens und Duschens kein Wort gesagt. Sie saß in der Küche an Miss Eulas Tisch, schloss die Augen und holte tief Atem. Wenn sie sich anstrengte, konnte sie ihre Großmutter riechen. Sie konnte sogar ihren Großvater riechen und sah ihn genau vor sich, bekleidet mit seiner Latzhose.

„Hast du etwas von Miss Eula gehört, Miss Mattie?"
Miss Mattie blickte auf. Sie war noch immer mit Abtupfen beschäftigt. „Ja." Sie hörte sich müde an. Ruby fragte sich, wie spät es wohl war.
„Hat sie irgendwas gesagt, wann sie zurückkommt?"
„Nein, hat sie nicht." Miss Mattie legte die Baumwolltupfer dorthin zurück, wo sie sie gefunden hatte, in einen Brotkasten mit der Aufschrift *Erste Hilfe!*
„Vermisst du sie?"
„Ich denke schon."
Ruby spürte wieder den dicken Kloß in ihrem Hals. „Tust du das? Wirklich?"
„Natürlich, mein Kind. Sie ist schließlich meine Schwägerin."
Dove lief in ihrem Hawaii-Rock auf die Veranda hinaus, um den Kopf hatte sie ein Handtuch gebunden. Miss Mattie setzte sich auf einen Küchenstuhl. „Warum willst du das wissen?"
Ruby blinzelte Miss Mattie an. „Ich weiß nicht. War nur so eine Frage." Nach kurzem Zögern fuhr sie fort: „Ich weiß nicht, was ich jetzt tun soll. Ich wünschte, Miss Eula wäre hier und könnte es mir sagen. Ich hab keine Ahnung, wo Bemmie ist, vielleicht liegt sie irgendwo im Straßengraben."
„Du weißt ganz genau, dass das nicht sein kann. Dieses blaufüßige Flittchen ist zu den Butterfields abgehauen, kaum, dass das Gatter offen war. Ich wette, sie ist gerade dort, frisst sich mit Körnern voll und plaudert ein wenig mit Herman."

„Ich muss sie unbedingt finden."
„Warte bis zum Morgen, mein Schatz. Das hat Zeit. Bemmie ist ein kluges Mädchen."
„Und was soll ich jetzt tun?"
„Im Moment können wir uns nur um das Nächstliegende kümmern."
Ruby schniefte. „Ich will ein Begräbnis haben."
„Für die Küken?"
Rubys Unterlippe zitterte. „Ja, so eines, wie wir es für Opa Garnet hatten. Wirst du kommen?"
Miss Mattie seufzte leise. Sie blickte Ruby lange an. „Ja, ich komme, Ruby." Sie strich über Rubys nasses Haar. „Komm. Ich kämme dich." Ruby protestierte nicht und Miss Mattie holte einen Kamm aus ihrer Manteltasche und begann, Ruby behutsam zu kämmen.
„Jemanden zu verlieren, den man liebt, tut sehr weh, nicht wahr?"
Ruby nickte langsam. Eine dicke Träne tropfte von ihrer Nasenspitze. Sie schniefte laut. „Ich will nicht mehr heulen."
„Aber Schatz, wir haben alle mal ein Kissen nass geweint. Dafür muss man sich nicht schämen." Sie gab Ruby ein Taschentuch.
Ruby putzte sich die Nase. „Na ja, ich hör jetzt auf."
„Warum?", fragte Miss Mattie und entwirrte ein paar verfilzte Haare.
„Letzten Sommer, als Opa Garnet starb, da hat mich Melba Jane ausgelacht, weil ich beim Begräbnis geweint hatte. Sie hat gesagt, ich wär ein Baby und dass sie allen in

der Schule erzählen wird, was für ein egoistischer Feigling ich außerdem wäre."
„Melba hat viele Dinge gesagt, die sie letzten Sommer nicht hätte sagen sollen, Ruby. Und sie hat sicher auch viel geweint. Ich weiß, dass ihre Mama geweint hat. Und mein Gott, ich auch."
Ruby saß ruhig da, während Miss Mattie den Kamm behutsam durch Rubys langes rotes Haar gleiten ließ. Sie schniefte. „Tut mir Leid, dass ich die Operette dieses Jahr vermasselt habe."
„Das hast du nicht, Kind. Die Operette wird trotzdem gut über die Bühne gehen. Es gibt immer einen neuen Tag. Und ich glaube, der neue Tag fängt schon an."
Miss Mattie zog ein Haarband aus ihrer Tasche und band Rubys Haare zu einem ordentlichen Pferdeschwanz. „Na also. Du bist kaum wiederzuerkennen. Aber es gefällt mir."
Ruby sah Miss Mattie in die Augen. „Miss Mattie?"
„Hmmm?"
„Lachst du eigentlich auch mal?"
„Nein. Nie." Über Miss Matties Gesicht huschte ein Lächeln, das ihre Züge sanfter erscheinen ließ. Ruby war so überrascht, dass sie zurücklächelte.
„Gut." Miss Mattie klopfte Ruby auf die Schulter. „Keine Sorge, meine Liebe, du bist bald wieder wohlauf. In dieser Familie gibt es lauter starke Frauen, die herzhaft lachen können."
Ruby nickte und schnäuzte sich noch mal die Nase.
„Ruby!" Dove rief nach ihr, mit ganz aufgeregter Stimme.

„Was um alles in der Welt ...?“ Miss Mattie öffnete die Hintertür.
„Ruby! Ruby, komm schnell! Das neue Küken schlüpft aus – *jetzt*!“

19

Miss Mattie kochte in Miss Eulas Küche Kaffee und Rubys Mutter gesellte sich zu ihr. Die Nachbarn machten sich auf den Heimweg. Die Glasscherben im Gewächshaus waren weggeräumt worden. Rubys Mutter hatte die zerbrochenen Eier in ein Körbchen auf dem Tisch gelegt und sie mit einer Stoffserviette zugedeckt. Dann hatte sie einige von Opa Garnets Sonnenhut-Stängeln in einen mit Wasser gefüllten Steinkrug neben das Körbchen gestellt. Ruby und Dove standen an einen Strohballen gelehnt im Gewächshaus. Sie trugen Miss Eulas Hawaii-Röcke und beobachteten Ivy.

Ivy ermutigte ihr Küken jetzt mit einem lauten Glucken. Der Mond tauchte das Gewächshaus in ein silbriges Licht und die Luft roch nach Stroh und Morgentau.

Ruby ging auf alle viere und spähte aus der Nähe unter Ivys Federkleid. „Das Küken ist draußen! Es ist draußen, aber es bleibt unter Ivy sitzen, wegen der Wärme und damit seine Federn trocknen."

Während die Mädchen warteten, wurde es am Sommerhimmel allmählich hell. Dove spreizte die Finger und

strich ihr Hawaii-Kleid mit den Händen glatt. „Geht's dir gut?"
Ruby nickte. „Mir geht's gut. Und dir?"
„Ich hatte solche Angst."
„Ich auch." Ruby betrachtete Dove. „Du siehst ganz anders aus ohne deine Uniform."
„Genau wie du", erwiderte Dove. „Ich habe dich noch nie in etwas anderem gesehen als in deinen Latzhosen." Sie unterdrückte ein Gähnen. „Was willst du jetzt machen?"
„Keine Ahnung. Ich schreibe an Miss Eula. Sie wird wissen, was zu machen ist."
„Was wird sie sagen?"
„Das habe ich mir auch schon überlegt. Wenn irgendetwas Schreckliches passiert, sagt Miss Eula: ‚Das Leben geht weiter.' Aber es geht nicht weiter, oder? Diese Küken werden nie ein Leben haben." Dove dachte nach. „Ich weiß nicht. Vielleicht meint sie etwas anderes." Sie nahm das Handtuch vom Kopf und rubbelte sich damit kräftig die Haare. Ruby sah mit Erstaunen, dass die hellblonden Haarspitzen genauso abstanden wie immer.
Ivy gackerte, stand auf, plusterte sich auf, stieg über das Stroh hinweg … und da war es, Ivys Küken. Es war noch feucht, aber die Federn trockneten bereits. Das neue Küken war gelb wie Maismehl und winzig klein. Es schüttelte sich wie ein Welpe und piepste genau dreimal. Dann machte es einen zaghaften Schritt und stolperte. Ivy stieg wieder auf das Küken und deckte es mit ihrem Federkleid zu. Sie gluckte. Das Küken piepste. Mutter und Kind machten es sich wieder gemütlich.

„Wahnsinn!“ Dove hielt die Hände unters Kinn. „Oh Mann!“
Rubys Herz pochte heftig in einem gleichmäßig Rhythmus. *Es ist da! Es ist da!* Ivys Küken war ausgeschlüpft. Ruby war sich sicher, dass das Küken sie gesehen und erkannt hatte. Schließlich hatte es ihre Stimme schon seit Wochen gehört. Ruby dachte an den Tag, als sie und Miss Eula die drei Hühner Ivy, Bemmie und Bess gerettet hatten. Das lag schon eine Ewigkeit zurück. Seitdem hatte Ivy drei Eier gelegt. Miss Eula war abgereist. Dove war gekommen. Und Melba hatte alles zerstört. Fast alles.
Ich bin hundemüde, dachte Ruby, *hundemüde*. Die Sterne verblassten allmählich am Himmel, und die ersten Vögel hießen den neuen Tag willkommen. Ruby blinzelte, stand auf, um sich zu strecken, und blickte schweigend zu dem Körbchen auf dem Tisch. Dann strich sie mit den Fingern über die Blütenblätter der Sonnenhut-Blüten. Sie unterdrückte ihre Tränen. „Es wird lange dauern, bis Ivy das Nest verlässt und ihr Küken herumlaufen lässt. Lass uns schlafen gehen.“
„Gut.“ Dove rieb sich mit den Handballen die Augen. „Ich bin so müde, dass ich gleich umfalle.“
„Hier wird es bald zu heiß werden. Gehen wir ins Haus. Miss Eula wird nichts dagegen haben, dass wir in ihrem Bett schlafen.“
Rubys Mutter brachte die Mädchen ins Bett. Sie küsste beide auf die Stirn und dann auf die Augenlider. „Schlaft gut. Ich gehe zu den Butterfields und hole Bemmie. Sie haben vorhin angerufen und gesagt, dass sie sie erwischen

konnten. Dann gehe ich mit Miss Mattie zu den Lathams. Dove, deine Tante und dein Onkel kommen in ein paar Stunden vorbei und schauen nach euch. Deine Tante hat gesagt, dass sie euch Frühstück macht. Ihr braucht beide etwas Schlaf. Wenn das neue Küken bereit ist, werden wir es in der Welt willkommen heißen." Sie lächelte und tätschelte Rubys Wange.

Miss Eulas Bett war riesig. Jedes Mädchen hatte drei rosa Kissen für sich. Sie lagen unter einer rosa Bettdecke und trugen rosa Hawaii-Röcke. Eine ganze Weile lagen sie mit geschlossenen Augen da und lauschten den Vögeln durch die abgedunkelten Fenster. Wie friedlich, dachte Ruby. Doves Kassettenrekorder und ihre Kamera lagen auf der Kommode. Sie hatte kein einziges Bild gemacht und nicht einen Ton aufgenommen.

„Ich höre die Sonnenblumen draußen wachsen", sagte Ruby.

„Kannst du sie wirklich wachsen hören?"

„Mein Opa hat immer gesagt, dass man alle lebenden Dinge hören kann, wenn man die Ohren spitzt. Er sprach früher immer zu seinen Blumen, besonders zum Sonnenhut. Er nannte sie ‚die Mädchen'. Er sagte: ‚Sie sehen alle gleich aus und haben alle denselben Namen.' Und dann lachte er."

„Das gefällt mir", sagte Dove.

„Mir auch."

Die Mädchen schwiegen einen Augenblick und horchten. Dann drehte sich Dove zur Wand um.

„Wowy?"

„Ja?“
„Ich bin froh, dass du meine Freundin bist.“ Dove klang schläfrig. Sie zog die Decke bis unters Kinn hoch.
Ruby drehte sich auf ihre Seite und sah zum Fenster. „Was soll ich jetzt tun, Dove?“
„Ich weiß es nicht.“ Doves Stimme klang weich und träge.
„Was würdest *du* tun?“
Dove gab keine Antwort. Sie atmete ruhig und gleichmäßig ein und aus. Ruby lag noch lange wach, lauschte der schlafenden Dove und ließ die Stille auf sich wirken. Allmählich fielen ihr die Augen zu und sie glitt in einen tiefen Schlaf und träumte von Opa Garnet. Er kniete im Garten und grub mit einer silbernen Kelle nach Regenwürmern. An seinen Knien piepsten drei weiche, gelbe Küken. Er sprach mit ihnen und nannte sie „die Mädchen“. Ruby ging zu ihm hin. Er winkte ihr zu und sagte dann, dass sie sich fertig machen soll, denn er nehme sie an diesem frühen Sommermorgen mit zum Angeln. Den ganzen Sommer über hatte er ihr versprochen, sie mit zum Angeln zu nehmen.

AURORA KREISNACHRICHTEN

Abendausgabe, 27. Juni
(Sonderausgabe zur Wochenmitte)

Was ist los in Halleluia
von „Knüller"-Phoebe Tolbert

Als sich unsere Reporterin letzten Abend gerade ein Schüsselchen Pfefferminzeis und eine Wiederholung von „Der Doktor und das liebe Vieh" zu Gemüte führen wollte, hörte man plötzlich ein lautes Gepolter und Geschrei!
Mr Tolbert und ich eilten über die Straße zu Miss Eula Dapplevines Anwesen, von wo die Schreie kamen, und fanden eine bedrohliche Situation vor: zersplittertes Glas am Gewächshaus – mit Sicherheit ein zerstörerischer Akt in unserer ruhigen Stadt – und zwei verzweifelte Mädchen, Ruby Lavender und – auf Besuch hier – Miss Helen Dove Ishee, Nichte des neuen Lehrers für die

vierte Klasse an der Schule von Halleluia.
Wie sich herausstellte, ging diesem Fiasko ein anderer, ebenso beunruhigender Vorfall voraus: Melba Jane Latham, Tochter von Leila und dem verstorbenen Lionel Latham, fiel ein Topf mit taubenblauer Farbe auf den Kopf, nachdem sie von einem Huhn, das Ruby Lavender gehörte, zu Tode erschreckt worden war. Es ist davon auszugehen, dass es sich bei beiden Vorfällen im Grunde um Unfälle handelt. Diese hatten zweierlei Konsequenzen: 1) beim Pink Palace gab es Tod und Zerstörung, da zwei Küken im Gewächshaus starben, als sie vor dem Ausschlüpfen aus dem Nest fielen – die Folge eines angeblichen Steinwurfs von Melba Jane Latham als Rache für 2) das Ende von Melba Janes Schauspielkarriere, da sie ihre Haare wegen der nicht zu entfernenden blauen Farbe radikal abschneiden musste.
Ich rechne mit weiteren Entwicklungen und melde mich mit aktuellen Berichten, sobald ich mehr weiß.

28. Juni

Liebe Miss Eula,
heute war das Begräbnis für die Küken.
Dove kam, und auch Tante Tott und Mr Ishee und Mama und sogar Miss Mattie. Sie brachte einen Eimer mit Zinnien aus ihrem Garten mit und wir sangen das Lied „Wohlauf, wohlan zum letzten Gang“.
Die Küken sind bei der Ulme begraben.
Mr Ishee macht ein Schild für mich. Er schreibt „Damit ihr im Himmel groß werdet“ darauf.
Ich habe ihn darum gebeten.
Melba sagte zu Mama, dass sie den Stein nicht durch das Glasfenster werfen wollte, nur in den Hühnerhof, dass sie aber das Ziel verfehlt habe. Na ja, was hat sie denn gedacht? Sie kann keinen Softball richtig werfen. Sie kann keine Angelschnur auswerfen. Sie kann auf keinen Baum klettern. Sie hat sich bei Mama entschuldigt, weil ich nicht mit ihr reden wollte.
Mama sagt, ich kann sie nicht verhaften lassen.
Der alte Ezra Jackson hat Melba Arbeit gegeben, damit sie das Fenster bezahlen kann, und jetzt muss sie mithelfen, Kuhställe auszumisten und frisches Stroh hineinzuschaffen. Ha! Miss Ich-mache-mir-die-Hände-nicht-schmutzig muss Mistgabeln anfassen, die in Du-weißt-schon-was stecken! Das hält sie nicht einen Tag lang aus.

Zu deiner Information: Ivy geht es gut. Ich habe dem neuen Küken den Namen Rosebud gegeben. Ich trage sie immer bei mir, in der Vordertasche meiner Latzhose. Sie schläft in einer Schachtel neben meinem Bett. Ivy ist damit einverstanden. Wenn Rosebud piepst, greife ich hinunter und streichle sie.
Diesmal habe ich keinen kostenlosen Ratschlag. Ich vermisse dich. Es kommt mir vor, als wärst du schon ein ganzes Jahr weg.

Deine (müde) Enkeltochter
Ruby L.

1. Juli

Liebe Miss Paradiesinsel,
Miss Mattie hat Melba Jane überredet, nun doch wieder bei der Operette mitzumachen. Sie bat auch mich, dabeizubleiben, aber ich hab Nein gesagt. Ich will nicht in Melbas Nähe sein.
Ich hab Miss Mattie im Geschäft mit Melbas Mama reden hören, und ich wette, es ging um mich und Melba. Sie sagte: „Sie werden sich schon wieder vertragen, Leila.“ Ha! Das glaubt aber auch nur sie.
Dove kommt in ein paar Minuten, um mit Rosebud zu spielen. Zu deiner Information:

Wir werden auf deiner hinteren Veranda picknicken. Das machen wir oft. Kostenloser Ratschlag: Eine Erinnerung ist besser, wenn es viele Leute gibt, die sich erinnern. Du solltest heimkommen. Ich warte auf dich und wir machen das Picknick auf dem Friedhof, wenn du zurück bist.

Liebe Grüße
deine (Mutter gewordene) Enkeltochter
Ruby L.

Übrigens: Die Fotos, die du mir von Hortensie geschickt hast, gefallen mir. Sie ist irgendwie süß, oder? Hast du ihr von mir erzählt?

6. Juli

Liebe (meine liebste) Ruby,
Schatz, das mit Ivys Küken tut mir so Leid. Geht es dir gut? Als ich in deinem Brief las, was passiert ist, brach es mir fast das Herz. Gott sei Dank haben wir Miss Mattie, deine Mama und unsere guten Nachbarn. (Und sie alle haben mir darüber berichtet – erstaunlich, wie ein Unglück den Wunsch weckt, lange Briefe zu schreiben.)
Über den Tod eines geliebten Wesens kann uns nichts hinwegtrösten, stimmt's? Manchmal

kommt es uns vor, als könnten wir nicht mehr weitermachen, aber wir machen weiter. Du musst dich um Rosebud kümmern, und Ivy, Bemmie und Bess sind ja auch noch da.
Ich bin so froh, dass du Rosebud hast. Ich kann es kaum erwarten, sie kennen zu lernen.
Pass auf dich auf. Und auf Dove.
Ihr beide seid tapfere Mädchen, und ich habe euch sehr gern.

Deine (mitfühlende) Großmutter
Miss Eula

7. Juli

Liebe Miss Großmutter-von-zweien,
Melba hat mir gestern einen Entschuldigungsbrief geschickt, aber ich habe ihn zerrissen. Eine Entschuldigung reicht nicht aus. Nichts reicht aus.
Küken wachsen schnell. Rosebud ist aus der Schachtel schon herausgewachsen und passt auch nicht mehr in meine Hosentasche. Sie läuft mir immer hinterher, wie ein kleiner Schatten. Sie wartet vor Miss Matties Laden, während ich den Boden kehre. Die Arbeit für Miss Mattie ist jetzt nur noch eine halb so große Qual.
Miss Mattie ist gestern zum Abendessen gekommen. Ich musste das Geschirr spülen,

während die beiden sich im Wohnzimmer unterhielten. Ich weiß, dass sie über mich redeten. Ich glaube, Miss Mattie macht sich Sorgen wegen irgendetwas. Ich wünschte, du wärst hier. Dann würde sich Miss Mattie besser fühlen, das weiß ich.
Ich wollte was tun, damit sie sich besser fühlt. Ich hab ihr gesagt, dass sie ja gar keine so blöde Kuh ist.
Sie sagte: „Wer hat denn gesagt, dass ich eine bin?" Und ich antwortete: „Na ja … keine Ahnung, Miss Mattie, aber ich habe es irgendwo gehört …"

Liebe Grüße
deine (gedanken-volle) Enkeltochter
Ruby L.

Noch etwas: Dove hat einen deiner bunten Röcke angezogen. Du hast ja sicher eine Menge davon. Ich hoffe, es macht dir nichts aus. Sie ist auf einmal ganz wild drauf. Sie trägt den Hawaii-Rock, den steifen braunen Hut, die Stiefel und weiße Socken. Sie will ein Interview mit dir machen, wenn du zurück bist.

11. Juli

Liebe Ruby,
ich freue mich, dass du Leilani-Hortensie süß findest – das ist sie wirklich! NATÜRLICH habe ich ihr alles über dich erzählt! Sie sagte: „Ich kann es kaum abwarten, meine tolle Cousine kennen zu lernen.“ Na ja, sie hat „Thhhwwaaaaagh!“ gesagt, aber das meinte sie sicher.
Weiß du, ich habe nachgedacht. Ich frage mich, wie du Melba Jane aus dem Weg gehen willst, wenn die Schule anfängt. Oder wenn du zehn bist. Oder wenn du 25 bist. Oder wenn du so alt bist wie ich! So lange kann man einem Menschen nicht aus dem Weg gehen. In 50 oder 60 Jahren – oder sogar an einem einzigen Tag – kann eine Menge passieren ... Gehe doch wenigstens für mich zur Aufführung der Operette, ja?
Ich brauche jemanden, auf den ich mich verlassen kann, damit ich einen guten Bericht bekomme. Wie jammerschade, dass ich nicht selber hingehen kann.

Liebe Grüße
deine (ein bisschen heimwehkranke) Großmutter
Miss Eula

12. Juli

Liebe Miss Heimweh,
Wow! Bemmie hat ein Ei gelegt!!! Das ist kein Witz!
Sie und Herman haben sich davongeschlichen, um sich nachts zu treffen. Sie haben eine „heimliche Affäre“, sagt Miss Mattie. Was heißt das? Am 1. August müsste das Küken ausschlüpfen! Oder am 2. August. Aber jeder dieser Tage ist ein Glückstag, stimmt’s? Bemmie gackert die ganze Zeit. Sie ist LAUT und stolz auf sich! Bess ist ein Faulpelz, in dem ganzen Krach frisst sie einfach nur, sie frisst sogar Körner von Bemmie weg. Ivy sagt, sie freut sich für Bemmie und kann ihr ein paar Tipps geben.
Zu deiner Information: Ich habe gestern mit Cleebo Wilson Baseball gespielt. Er hat einen Baseballschläger, also spielten wir uns gegenseitig ein paar Bälle zu. Er ist ein guter Schlagmann, ich bin dafür ein besserer Fänger.

Deine (wieder Mutter werdende) Enkeltochter
Ruby L.

Und sonst: Mama kocht mit Doves Tante Tott. Sie sagt, das ist sehr anstrengend.

17. Juli

Liebe Ruby,
natürlich kann Dove meine Hawaii-Röcke tragen – sag ihr, es ist mir ein Vergnügen. Lass sie aber bei stürmischem Wetter bloß nicht damit ins Freie, der Wind könnte sie wie einen Drachen hochtragen und wegwehen.
Jetzt werde ich gleich mit einem Büschel Bananen auf Johnsons Veranda fotografiert – mit einem RIESIGEN Büschel Bananen. Da hängen bestimmt hundert Stück dran. Das Ding ist fast so groß wie ich! Ich werde „Jawohl, wir haben keine Bananen" singen, wenn der Auslöser Klick macht.

Liebe Grüße
deine (dich vermissende) Großmutter
Miss Eula

22. Juli

Heute habe ich Tante Tott und Mr Ishee und Dove besucht. Tante Tott hat auf der Veranda Bilder gemalt. Alles war voller Farbe! Sie malt die hässlichsten Bilder der Welt. Und die hängen im ganzen Haus. Mr Ishee sagt zu ihr: „Sie sind wunderschön, Liebling!" Tante Tott lacht dann und meint: „Was würde ich ohne dich tun, Tater?" Daraufhin küsst er sie und sagt: „Das müssen wir hoffentlich nie herausfinden."

Als ich das hörte, musste ich an dich und Opa Garnet denken. Du vermisst ihn sicher sehr, mehr als sonst irgendjemand.
Zu deiner Information: Das Bild, das Tante Tott heute gemalt hat, ist bisher das hässlichste. Sie will es im Zimmer des neuen Babys aufhängen. „Was für eine wunderbare Idee, Tott!", sagte Mr Ishee. Ich glaube, der braucht eine Brille.
Dove und ich tapezieren gerade das Zimmer für das Baby. Tante Tott hat schon viele verschiedene Tapeten an die Wand gekleistert, und sie kann sich einfach nicht entscheiden.
Du würdest Tante Tott mögen.
Ich vermisse dich mehr als sonst irgendjemand.

Deine Enkeltochter (mit klebrigen Fingern)
Ruby L.

23. Juli

Liebe Ruby,
Da bin ich ja wirklich platt! Was für eine tolle Überraschung! Bemmie hat ein Ei gelegt? Ein wahrer Glückstag! Wie schön, dass Bemmie und Herman sich lieben – Bemmie ist eine Frau ganz nach meinem Herzen. (Allerdings scheint sich Herman in jede zu verlieben. Man sollte mal ein ernstes Wörtchen mit dem Mann reden. Er hat einfach keinen Anstand.)

Liebe Grüße
deine Großmutter
(die so glücklich ist, dass sie gleich surfen gehen könnte – und das tut sie wohl auch)
Miss Eula

25. Juli

Liebe Miss In-60-Jahren-kann-viel-passieren,
ich habe noch einen Brief von dir bekommen, in dem steht, wie ich über Melba denken sollte.
Miss Eula, ich will Melba nicht sehen. Ich will nicht zur Operette gehen. Und ich will keine Briefe mehr schreiben, wenn wir ständig darüber reden müssen. Bitte hör auf damit.
Du lebst jetzt dort und ich lebe hier, und ich weiß, wie es hier ist, und du nicht mehr.
Ich habe keine Wasserfälle und keinen Hula-Tanz und keine Riesenbananen. Und ich habe dich nicht. Aber ich habe die Hühner und ich habe Mama und ich habe Dove und ich habe sogar Miss Mattie, und Mr Ishee und Tante Tott und Miss Phoebe und Mr Harvey und Miss Dot und einen Haufen anderer Leute in Halleluia.
Und Melba brauche ich nicht zu haben, wenn ich es nicht will. Und ich will es nicht.
Ich will, dass du nach Hause kommst. Wenn du nicht willst, brauchst du es auch nicht.
Aber das ist es, was ich möchte. Du hast gesagt,

du brauchst ein wenig Abstand von den Erinnerungen an Opa Garnet. Ich habe die Erinnerungen jeden Tag und mir geht es gut.

Liebe Grüße
deine (an-einem-Tag-passiert-eine-ganze-Menge-und-du-siehst-es-nicht) Enkeltochter
Ruby L.

20

1. August

„Ich vermisse dich in der Schule bei den Proben zur Operette." Dove biss in ein Majonäse-Sandwich und trank einen Schluck Limonade hinterher. Sie saß auf der Treppe der hinteren Veranda und trug einen fuchsienroten Hawaii-Rock und ihre braunen Stiefel.
„Du hast doch Melba." Ruby lag in der Verandaschaukel und schwang damit hin und her. Immer wenn die Schaukel langsamer wurde, stieß sich Ruby mit dem nackten Fuß seitlich vom Boden ab. „Ich komme fast um vor Hitze. Im Bach, auf der hinteren Wiese, hab ich eine Wassermelone liegen. Die holen wir uns jetzt."
Ivy, Bess und Rosebud scharrten im Schmutz des Hühnerhofes nach Käfern. Bemmie gackerte im Gewächshaus. Das zerbrochene Fenster hatte oben ein Loch. Rubys Mutter hatte ein Fliegengitter in den Rahmen gespannt.
Doves Gedanken kreisten immer noch um die Operette. „Komm doch heute Abend auch. Alle kommen! Es wird bestimmt gut. Melba singt ein Solo."

Ruby verdrehte die Augen. „Ich wette, du hast schon zehn dieser Astropologie-Kassetten aufgenommen und dir ihr Gequassel angehört."
„Anthropologie." Dove trank ihre Limonade aus. „Sie erzählt viel von ihrem Vater."
Ruby setzte sich auf. „Was sagt sie dir?"
„Sie erzählt Geschichten … Wie er sie immer mitnahm, um im Sommer die Sterne zu beobachten, nur er und sie. Wie er ihr alle Sternbilder gezeigt hat. Sie kann den Gürtel des Orion erkennen und den Schwanz des Skorpions und das Sternbild der Zwillinge …"
Ein Frösteln überkam Ruby. Sie schloss die Augen und dachte an Opa Garnet, ihr Leuchtkäfer-Gedicht und an die Nächte mit Miss Eula auf der Wiese unter dem Sternenhimmel.
„Sie hat mir die Stelle gezeigt, wo das Auto von der Brücke stürzte."
Ruby riss die Augen auf. „Wirklich? Da gehe ich nie hin."
„Gehst du deshalb immer den langen Weg zur Stadt?"
Ruby stieß sich mit den Zehen vom Boden ab und die Schaukel begann wieder vor- und zurückzuwippen.
„Ja", sagte sie leise. „Deshalb gehe ich den langen Weg."
Sie starrte auf die Spinnweben an der Verandadecke und versuchte, ihre Gedanken zu verdrängen. Doch die Erinnerungen an den letzten Sommer legten sich auf ihr Gemüt wie ein Schwall heißer Luft. Sie bedeckte das Gesicht mit den Händen und atmete zwischen den Fingern hindurch. Vor ihrem geistigen Auge sah sie ihren Großvater auf der Jasperbrücke stehen. Er winkte ihr zu. Ruby rieb

sich das Gesicht und schüttelte den Kopf, um wieder klar denken zu können. Sie merkte, dass Dove sie ansah, und lachte leise. „Ich weiß nicht einmal, wo der Wagen die Brücke hinuntergestürzt ist.“

Dove sagte sanft: „Ich kann es dir zeigen.“

Ruby betrachtete die Härchen auf ihren Armen.

„Ich will es gar nicht wissen“, erwiderte sie.

Dann herrschte Schweigen zwischen ihnen, und man hörte nur das Gackern im Gewächshaus. Ruby beobachtete ihre Hühner. Sie warf einen Blick auf die unzähligen Sonnenhut-Blüten, die neben dem Gatter wuchsen.

„Vielleicht will ich es doch wissen“, murmelte Ruby.

Dove stand auf und wischte Sandwich-Brösel von ihrem Hawaii-Rock.

„Dann gehen wir.“

Ruby blickte auf ihre nackten Füße. Sie spreizte die Zehen, so weit es ging. Die Zehen sahen aus wie kleine Fächer.

„Ich komme mit“, sagte Dove.

Ihre Blicke trafen sich. Ruby gab sich einen Ruck und schwang sich aus der Schaukel. Die Ketten der Schaukel rasselten. Ruby nahm zwei Hüte von den Haken neben der Tür und gab einen davon Dove. „Einen Moment“, sagte sie. „Ich muss noch was holen.“ Sie ging hinüber in den Pink Palace und kam mit einer Schere und einer Schnur wieder zurück. Ihre nackten Füße klatschten auf die Verandatreppe, als sie rasch zu dem Beet mit den Blumen lief. Sie schnitt ein paar hellgelbe Blüten ab und band sie mit der Schnur zu einem Strauß zusammen.

Dann ging sie zu Dove zurück und legte die Schere auf die Veranda. „Okay. Gehen wir."
„Wofür sind die Blumen?", fragte Dove.
„Die sind für mich", antwortete Ruby.
Die Mädchen machten sich auf den Weg und bogen nach links in die Straße ein, die in die Stadt führte.

21

In den Bäumen zirpten laut die Zikaden. „Sogar zum Spucken ist es zu heiß“, stöhnte Ruby. Doch sie spuckte trotzdem.

„Auf diesem Weg kommt man garantiert viel schneller in die Stadt als auf dem Weg, den du sonst gehst“, sagte Dove. Orangefarbener Staub wirbelte auf, als die Mädchen die Straße entlanggingen, vorbei an üppig blühenden Goldruten, die aussahen wie flockige gelbe Wolken. Sie erreichten das Ende der Straße und sahen rechts, jenseits der asphaltierten Straße, die in die Hauptstraße zur Stadt mündete, die Brücke. Ruby stand lange da und betrachtete die Brücke.

„Mein Opa Garnet kam nie auf dieser Seite der Brücke an.“ Ihre Stimme klang teilnahmslos. Ihr Magen tat weh. Sie strich sich das Haar aus dem Gesicht. Wenn Melba zu dieser Brücke gehen konnte, dann konnte sie das auch. Ja, dann konnte sie das auch. Es war eine Holzbrücke, die jedes Mal klapperte, wenn ein Auto darüber fuhr. Und sie hatte auf beiden Seiten breite Gehwege, die für Fußgänger, Fahrradfahrer und – wie Opa Garnet zu sagen pflegte – für den Hunde-, Waschbären- und Fuchsverkehr bestimmt waren. Wenig später waren Ruby und Dove auf der Jasperbrücke. Es war mitten am Nachmittag. Die Sonne stand hoch über ihnen am Himmel. Sie guckte immer wieder zwischen den Wolken hervor und tauchte die Brücke in helles Licht.

„Genau hier", sagte Dove und deutete auf eine Stelle fast genau in der Mitte der Brücke. Ruby sah, wo sie repariert worden war. Sie ging zum Geländer, sie berührte die Stelle und zwang sich hinunterzusehen. Das Wasser unten war klar und frisch. Ruby war schon tausendmal darin geschwommen, in der Badezone am Ende des Sees, wo die Fische mit ihren Zehen gespielt hatten. Das Wasser fühlte sich so angenehm auf der Haut an. Aber das würde sie nie mehr spüren. Sie würde nie wieder im Jaspersee schwimmen. Ihre Faust, die die Blumen umklammert hielt, war heiß und schweißnass. Ruby steckte die Blumen in die Seitentasche ihrer Latzhose, wo sie herausstanden wie eine schwarz-gelbe Flagge.

Ein Gefühl von Müdigkeit überkam sie. Sie lehnte sich gegen das Brückengeländer, das in ihren Bauch drückte, und blickte hinunter aufs Wasser, auf ihr von den Wellen durchzogenes Spiegelbild.

„Es war meine Schuld", sagte sie. Sie spürte ein Kribbeln in der Brust, das nach oben bis zum Hals wanderte.

„Was war deine Schuld?"

„Der Unfall."

Dove runzelte die Stirn.

„Warum sagst du das?"

Ruby holte tief Luft und atmete aus. „Sheriff Varnado sagte, Opa Garnet ist beim Fahren eingeschlafen. Mehr haben sie nicht herausgefunden. Aber ich weiß mehr, und Melba auch."

Dove wurde rot. „Was ist passiert?" Ein Traktor rumpelte über die Brücke. Der Fahrer winkte ihnen zu.

„Beim Begräbnis im letzten Sommer hat Melba Jane zu mir gesagt, dass ich ihren Daddy getötet habe."

Doves Gesicht nahm einen kummervollen Ausdruck an.

Ruby fuhr fort: „Erinnerst du dich an den Tag, als wir bei euch zu Hause Eislimonade tranken und Melba gesagt hat, mein Großvater und ihr Vater hätten in Raleigh übernachten sollen, dass sie das dann aber nicht machten?"

Dove nickte.

„Melba sagt, es ist meine Schuld, weil sie an dem Abend in Raleigh übernachten wollten, ich aber wollte, dass Opa Garnet nach Hause kommt. Denn er hatte mir einen besonderen Angeltag versprochen, nur er und ich. Und ich hatte gebettelt, dass er heimkommen soll, damit wir früh losfahren konnten und einen ganzen Tag, von Sonnenaufgang bis Sonnenuntergang, also Früh, Mittag und Abend, für uns hatten. Wir standen beim Auto, nur ich, Melba, ihr Daddy und mein Opa, und Melba hörte, wie ich Opa Garnet bat, bitte, bitte, bitte in dieser Nacht noch heimzukommen. Und Melbas Vater sagte: ‚Ich weiß nicht, Ruby, es ist eine lange Fahrt so spät in der Nacht, ich denke, wir werden dort übernachten.' Und Opa Garnet sagte: ‚Brauchst dir keine Gedanken darüber zu machen, Ruby, wir werden unseren Angeltag haben.' Doch wir hatten ihn nicht. Und wenn er in Raleigh geblieben wäre, dann hätten wir ihn gehabt, wir hätten unseren Tag gehabt! Jetzt habe ich keinen Opa mehr und Melba keinen Daddy, und wir haben keine solchen Tage mehr!"

Ruby verschränkte die Arme und fasste sich an den Ellbogen. Sie wollte nicht weinen. Ihr Kopf tat weh. Sie schloss die Augen und hörte den Ruf einer Spottdrossel, die irgendwo in einem Baum saß.

Dove nahm den Hut ab und strich sich mit den Fingern durch ihr hellblondes Haar. Sie stützte sich auf das Brückengeländer. „Ruby ..."

Ruby sagte mit erstickter Stimme: „Das hält sie mir immer vor. Sie weiß, dass ich Angst habe, dass sie es allen erzählt. Und vielleicht hat sie es erzählt – vielleicht weiß es schon jeder! Vielleicht denken alle, es ist meine Schuld."

„Ruby, das stimmt nicht ..."

Ruby fuhr unbeirrt fort: „Melba sagt, ihr Daddy hat während der Landwirtschaftsmesse immer in Raleigh übernachtet, und mein Opa wäre bei ihm geblieben, wenn ich nicht gewollt hätte, dass er nach Hause kommt." Ihr Herz krampfte sich zusammen und sie schloss die Augen.

Eine Windböe fegte durch die Trompetenbäume und die langen, an den Zweigen hängenden Schoten klackten aneinander. Im hohen Gras summten Insekten und noch ein Traktor ratterte über die Brücke. Ruby senkte den Kopf und lächelte Dove müde an. „Zu dumm, dass du deine Ausrüstung jetzt nicht dabei hast, was?" Dove blinzelte und Ruby erklärte: „Das hier ist ein Interview aus erster Hand, Dove. Das ist die ganze Geschichte."

Dove fing sich sofort wieder. „Es gibt einige Sachen, über die man nicht berichtet. Ich bin sicher, Margaret Mead hat auch nicht alles aufgenommen. Einige Sachen sind … zu persönlich.“

Ruby stützte sich neben Dove auf das Brückengeländer und verbarg für einen langen Augenblick das Gesicht in den Händen. Dove drehte sich um und sah zur anderen Seite der Brücke hinüber. Sie kratzte sich an der Wange.

„Ich weiß etwas, was du nicht weißt“, sagte sie.

„Was?“, murmelte Ruby.

Dove dachte einen Moment nach. Dann sagte sie: „Weißt du noch, wie ich dir erzählt habe, dass ich Miss Mattie im Laden getroffen habe und sie mir und Tante Tott alles über den Unfall gesagt hat?“

„Hmm.“

„Tante Tott fragte Miss Mattie, warum dein Opa und Melbas Daddy nicht wie geplant in Raleigh übernachtet hätten. Miss Mattie hörte auf, Farbe zu mischen, und sagte, dass sie ihren Bruder gut kenne und dass er nie auch nur eine Sekunde lang daran gedacht hätte, in Raleigh zu übernachten. Sie sagte, dass er Miss Eula noch keine Nacht allein gelassen hatte und auch in dieser Nacht nicht damit anfangen wollte.“

Ruby hob den Kopf und starrte Dove an.

Dove legte die Stirn in Falten. „Ich dachte, du weißt das!“

Ruby öffnete den Mund und schloss ihn wieder.

Dove kratzte sich am Kopf. „Nun, ich dachte wirklich, du weißt es … Ich meine, wenn ich gewusst hätte, dass du dich schuldig fühlst, obwohl es gar nicht deine Schuld ist, hätte ich es dir natürlich schon viel früher gesagt. Aber ich wusste es ja nicht. Nicht eine Sekunde lang hab ich geglaubt, es wär deine Schuld gewesen, ich wäre gar nicht auf den Gedanken gekommen, dass es deine Schuld gewesen sein könnte …“ Dove neigte den Kopf zur Seite und sah Ruby an.

Ruby runzelte die Stirn. „Ich hab nicht gewusst, dass …“, sagte sie leise. Ihr Puls pochte *bing-bing-bing* in den Ohren und ihr Herz schlug schneller. „Oder vielleicht wusste ich es und habe es vergessen. Ich weiß selber nicht, ob es stimmt oder nicht.“ Sie strich sich mit beiden Händen die Haare aus dem Gesicht. Dann stieg langsam ein neuer Gedanke in ihr auf. Sie blickte Dove mit ernsten Augen an und sagte aufgeregt. „Miss Mattie behauptet zwar, dass sie es weiß, aber das stimmt nicht. Woher soll sie wissen, was Opa Garnet gedacht hat!“

Ruby begann, auf der Brücke hin und her zu laufen, immer auf und ab, auf und ab. „Miss Mattie glaubt es zu wissen, aber sie weiß es nicht – niemand weiß, warum er es so machte und nicht anders …“ Sie hielt inne und versuchte, sich zu beruhigen. Ihr wurde schwindelig. Sie starrte auf einen Punkt in der Ferne, ohne etwas zu sehen. „Ich weiß nicht, was er gedacht hat …“

Doves Augen leuchteten. „… oder was Melbas Daddy gedacht hat.“

Ruby klammerte sich an diesen neuen Gedanken. Sie verknotete die Hände. Eine wichtige Sache hatte sie jetzt begriffen. „Eines ist also sicher“, sagte sie und hob den Kopf. Ihre Erkenntnis erfüllte sie mit neuem Mut. „Opa Garnet wäre so oder so noch in der Nacht nach Hause gekommen. Da bin ich mir jetzt ganz sicher. Er ist immer nach Hause gekommen, immer. Ich weiß nicht, ob er Miss Eula überhaupt schon mal nachts allein gelassen hat, aber ich glaube, er wäre auf jeden Fall nach Hause gekommen, mit oder ohne Melbas Daddy." Erleichterung schwang in Rubys Stimme und sie spürte ein Kribbeln von den Schultern bis zu den Zehen. „Er wäre nach Hause gekommen … so oder so."

Dove lächelte Ruby an.

Das Kribbeln verwandelte sich in prickelndes Erstaunen. Ruby versuchte, sich mit dem neuen Gedanken vertraut zu machen. Sie betrachtete ein Spinnennetz am Brückengeländer, das im Sonnenlicht schimmerte.

„Ich werde Miss Eula fragen", sagte Ruby. „Aber ich wette, es stimmt. Er wäre sicher nach Hause gekommen." Sie beobachtete zwei Libellen, die auf dem Wasser tanzten. Am liebsten hätte sie selber getanzt.

Dove setzte ihren Hut auf.

„Ich muss langsam los. Wir müssen früh da sein, um genug Zeit für Kostüme und Make-up zu haben und um zu sehen, was wir mit Tante Totts … Kulissen machen sollen. Aber ich kann gerne noch ein wenig bleiben, wenn du willst."

Ruby fühlte sich so leicht wie eine Feder. „Geh ruhig. Miss Mattie wird toben, wenn du zu spät kommst."

„Komm doch mit. Es wird ein Riesenspaß werden."

Ruby schüttelte den Kopf. „Nein. Ich bleibe bei Bemmie. Außerdem muss ich für Miss Mattie den Laden abschlie-

ßen. An den Operettenabenden vergisst sie immer, das Licht auszumachen und abzuschließen."
Dove ging zwei Schritte zur Straße, dann blieb sie stehen. „Kann ich nach der Operette mit dir zusammen warten, bis Bemmies Küken ausschlüpft?"
Ruby nickte. „Komm einfach vorbei, wenn du fertig bist. Und bring deine Ausrüstung mit."
„Okay."
Ruby zog sich am Ohrläppchen. „Vielleicht gebe ich dir ein Interview."
Dove hob die Augenbrauen. Ruby zuckte die Schultern und strich sich die Haare aus dem Gesicht.
„Weißt du was, Dove?"
„Was?"
„Du bist eine gute Freundin."
Dove blinzelte in der Spätnachmittagssonne. „Ja", sagte sie.
Beide Mädchen lächelten.

Dove schlenderte davon und Ruby blieb noch da und winkte den wenigen Autos, die über die Brücke ratterten. Schon bald wurde ihr klar, dass sie nicht einfach so weggehen konnte. Wieder sah sie hinunter auf den See. Sie löste die Schnur um ihren Blumenstrauß und warf eine Blüte nach der anderen in das Wasser unter der Brücke. Bei jeder Blume erinnerte sie sich an etwas Schönes. „Auf Wiedersehen", flüsterte sie. „Auf Wiedersehen."
Ruby spürte Tränen aufsteigen, unterdrückte sie jedoch, indem sie fest die Zähne zusammenbiss; bis ihr Kiefer

schmerzte. Sie nahm ihren Schlapphut und setzte ihn sich auf den Kopf. Plötzlich hörte sie Schritte hinter sich. Jemand kam auf die Brücke, kam auf sie zu. Es war bestimmt Dove, die noch mal nach ihr sehen wollte. Dove, die sichergehen wollte, dass sie ihre Freundin guten Gewissens auf der Brücke zurücklassen konnte.

Ruby schob den linken Träger ihrer Latzhose hoch und drehte sich um. „Mir geht's gut", wollte sie sagen. Doch die Worte blieben ihr im Hals stecken. Es war nicht Dove, die vor ihr stand. Es war Melba Jane.

22

Rubys Füße wurden weich wie Gelee. Ihr zitterten die Knie, und sie setzte sich abrupt auf den Boden, mit dem Rücken gegen das Brückengeländer. Melba stand mit verdutzter Miene da, als wüsste sie nicht, was sie tun sollte. Schließlich setzte sie sich neben Ruby. Sie trug eine lange braune Perücke und einen riesigen schwarzen Hut. Ihr Sommerkleid reichte ihr bis über die Knöchel. Ihre Zehen lugten unter dem Kleid hervor, ihre Füße steckten in feinen weißen Sandalen. Ruby überlegte fieberhaft, was sie jetzt tun sollte. Aufstehen? Wegrennen? Melba anspucken? Irgendwie war das alles nicht das Richtige. Die Hände zitterten in ihrem Schoß. Sie umklammerte ihre Knie.

Beide Mädchen schwiegen. Der See unter ihnen ließ ein Plätschern vernehmen, dort wo das Wasser ans Ufer klatschte. Wunderschön war es hier. Hin und wieder kam ein warmer Wind auf und rauschte durch die am See wachsenden Brombeersträucher.

Schließlich brach Melba das Schweigen. „Ich wollte mit dir reden …“ Sie strich ihr Kleid glatt.

Ruby pochte das Blut in den Schläfen. Sie presste mit den Händen die Knie zusammen.
Melba holte tief Luft.
„Ich weiß, dass du meinen Zettel weggeworfen hast. Ich möchte …"
„Hör auf, Melba. Hör bitte auf." Ruby rückte ein Stückchen von Melba weg. „Es interessiert mich nicht, was du möchtest."
„Ich möchte mich entschuldigen." Melbas Stimme klang hohl.
„Das kannst du nicht. Ich lasse dich nicht." Ruby stand auf und sah Melba an. „Ich will es nicht hören. Du hast meine Küken getötet."
Melbas Gesicht war unter der Krempe ihres Hutes verborgen, als Ruby vor ihr stand. Ihre Hände hatte sie in ihrem Schoß gefaltet und sie zitterte ein wenig. In Ruby stieg ein Gefühl des Triumphes auf, das sich mit ihrer Wut vermischte.
„Interessiert mich nicht die Bohne, was du zu sagen hast, du kannst sie mir nicht zurückbringen. Von jetzt an ist es mir total egal, was du sagst! Mein Großvater wäre letzten Sommer so oder so nach Hause gekommen. Er ist immer nach Hause gekommen. Da kannst du sagen, was du willst! Erzähl es ruhig allen! Ich hab keine Angst mehr vor dir."
Rubys Gesicht wurde ganz rot, und ihre Kehle brannte. Sie beugte sich, vor Wut zitternd, zu Melba hinunter. Mit dem Finger tippte sie Melba auf die Schulter. „Jetzt bist du an der Reihe, Melba Jane. Ich werde jedem in der Stadt

erzählen, was du für ein böser Mensch bist, wie gemein und gehässig du bist. Und dass du mir einreden wolltest, dass es meine Schuld ist, dass mein Opa tot ist, dass dein Daddy starb, dass der ganze Unfall passierte! Vielleicht komme ich doch zur Operette und erzähle heute Abend allen davon! Dadurch könnte ich mir viel Zeit sparen, ich könnte es gleich der ganzen Stadt erzählen!"

Ruby konnte vor Wut nicht mehr weitersprechen, die letzten Worte musste sie regelrecht herauspressen. Sie hielt inne, holte tief Luft und schluckte. „Dann werde ich ihnen erzählen, wie meine Küken gestorben sind. Und alle werden erfahren, dass es deine Schuld ist. Du hast sie getötet, Melba Jane. Und das werde ich nie vergessen."

Einen Augenblick lang rührte sich keines der beiden Mädchen. Kein Laut war zu hören, bis auf das Echo von Rubys Worten. Dann kehrten die Geräusche des Sommers zurück und Ruby richtete sich auf, um ihre Gedanken zu ordnen. Sie war wie benommen. Melba saß mit gesenktem Kopf da, ihr Gesicht war noch immer unter der Hutkrempe verborgen.

Schließlich begann sie zu sprechen. „Ja, ich hab es getan." Ihre Stimme zitterte. „Das habe ich. Mama sagt …" Sie beendete den Satz nicht. Sie griff in eine Tasche ihres Kleides und zog ein Taschentuch heraus. Ruby beobachtete sie.

Melba hielt den Kopf noch immer gesenkt. „Weißt du, was ich gerne wissen würde?", sagte sie. Rubys Magen krampfte sich zusammen. „Ich frage mich, ob mein Daddy in dieser Nacht Angst hatte." Melbas Stimme zitterte. „Ich

frage mich, ob er wach war. Und wenn ja, hat er an mich gedacht? Das würde ich gerne wissen."
Ruby wollte das nicht hören und auch nicht darüber nachdenken. „Geh weg, Melba Jane!"
Melba hielt das Taschentuch in der Hand und tupfte sich damit den Schweiß, der unter der Perücke hervortröpfelte, von Stirn und Ohren. Dann stand sie auf, steckte das Taschentuch weg und ging auf die andere Seite der Brücke hinüber. Ein alter Lieferwagen rumpelte über die Brücke. Er bremste, hielt aber nicht an. Melba starrte auf den See, wo das Sonnenlicht goldfarben im Wasser glitzerte. „Mein Daddy fehlt mir."
Ruby war noch immer wie benommen. Sie rührte sich nicht vom Fleck und hoffte, Melba Jane würde weggehen. Und das tat sie auch. Melba trippelte in ihren Sandalen über die Brücke und lief in Richtung Schule davon.

23

Am bläulich gefärbten Abendhimmel ging schon der Mond auf … Es würde erst in einer Stunde dunkel werden, doch im Sommer war das Licht um acht Uhr abends am schönsten. Als Ruby heimgekommen war, hatte sie ein leeres Haus vorgefunden. Denn ihre Mutter würde nach der Operettenaufführung beim Servieren von Punsch und Keksen helfen. Sie hatte Ruby einen Zettel hingelegt: „Großer Salat im Kühlschrank! Iss den auf! Komm doch zur Aufführung! Ich liebe dich!" Jetzt saß Ruby im Gewächshaus und las Bemmie, die ganz selig vor Glück auf ihrem Nest gluckte, einige „P"-Wörter vor. Ruby hörte ein leises Piepsen, das aus Bemmies Ei kam. Heute Nacht würde es so weit sein, sie war sich ganz sicher. Es würde einige Zeit dauern, wahrscheinlich mehrere Stunden, aber am Morgen würde das neue Küken ausschlüpfen.

Sie würde zur Operette gehen. Nein, das würde sie nicht. Doch, sie würde gehen. Nein. Ja. Nein.

Ruby konnte sich nicht konzentrieren. „… Pfand … Pfanne … Pfarrer … Pfau … Pfauenauge … Pfeff…

Pfeffer … Pfeffer-und-Salz …“ Sie seufzte. Pfeffer und Salz erinnerten sie an „süß und sauer“, und das erinnerte sie an „Zitronenbonbons“, was sie wiederum an ihren Opa erinnerte, und dabei kamen ihr der See, die Brücke und Melba in den Sinn. Schon wieder Melba. Sie konnte sie einfach nicht aus ihren Gedanken verbannen. Melba war auf einmal gar nicht mehr so streitsüchtig, was war nur mit ihr los? Ruby hatte vielmehr das Gefühl, als wäre in ihr selbst die Streitlust erwacht. Der Gedanke, dass sich das Blatt gewendet hatte, gefiel ihr. Sie könnte zur Schule gehen. Ja. Nein. Sie nahm Rosebud in die Hände, das Küken gackerte und hüpfte dann auf das Wörterbuch, als wollte es sagen: „Lies weiter!“

Ein Wind brachte Abkühlung nach dem heißen Tag. Er trug die Musik der in der Schule spielenden Halleluia-Band an Rubys Ohr. Die Operette hatte begonnen. Rubys Mama war da. Die ganze Stadt war da, außer Ruby. Und außer Miss Eula. Ruby hatte seit über einer Woche keinen Brief von Miss Eula bekommen! Vielleicht hatte sie beschlossen, für immer in Hawaii zu bleiben, und überlegte sich noch, wie sie Ruby die schlechte Nachricht beibringen sollte. Der Gedanke verursachte Ruby Magenschmerzen. Oh, Miss Eula. *Schreib mir*, wünschte sich Ruby. Sie sandte ihren Wunsch hinaus in das Universum.

Ruby stand auf, klopfte Staub und Stroh von ihrer Latzhose und schob den linken Träger hoch. Sie nahm Rosebud vom Wörterbuch herunter und klappte es zu. „Später, Rosie“, sagte sie. „Du bleibst jetzt hier und siehst nach dem Rechten. Ich mache einen Spaziergang. Aber ich bin bald zurück." Ruby nahm Miss Eulas Strohhut – Dove hatte den anderen behalten. Sie setzte ihn auf und betrachtete im Fensterglas ihr Spiegelbild. Sie wusste, wohin sie ging, auch wenn sie es sich nicht eingestehen wollte. Ruby stieg die Verandatreppe hinunter und schlenderte in der Schwüle des Augustabends davon. Sie schlug den Weg zur Schule ein.

24

In der Dämmerung lief Ruby barfuß die staubige Straße aus fest gestampfter Erde entlang, die von wilden Rosen und Brombeersträuchern gesäumt war. Ein paar Leuchtkäfer leuchteten auf und verloschen wieder. Heute Abend war Ruby nicht danach zu Mute, einen zu fangen. Schon von weitem sah sie die Lichter der Schule. Die Tür des Hintereingangs wurde mit einem Stein offen gehalten. Ruby schlüpfte hinein und schlich die Treppe zu den seitlichen Bühnenvorhängen hinauf. Der Chor sang lautstark gerade das bekannte Lied „Mein alter Eimer aus Eichenholz" und Mrs Varnado begleitete auf dem Klavier. Ruby spähte durch den Vorhang ins Publikum. Alle Plätze waren besetzt.

Ruby entdeckte ihre Mutter neben Mr Ishee. Auf der anderen Seite von Mr Ishee hatte Melba Janes Mutter Platz genommen. Deren übrige fünf Kinder saßen alle verstreut im Gang oder lehnten sich über die Sitze am Ende der Reihen. Ruby warf einen verstohlenen Blick zur Bühne.

Der alte Ezra Jackson saß dösend in einem Schaukelstuhl.

Auf weiteren sechs Schaukelstühlen saßen Chormitglieder, die soeben den Schluss von „Mein alter Eimer aus Eichenholz“ sangen. Dove sang auch mit. Das „Haus“ auf der Bühne war mit Geranien geschmückt. Im „Garten“ waren lauter Gemälde aufgestellt, die hässlichsten, die Ruby je gesehen hatte. Sie sahen aus wie Steppdecken an einer Wäscheleine. Vor dem „Haus“ stand Melba Jane. Sie hielt einen Eimer aus Eichenholz in der Hand und schwang ihn hin und her. Dann machte sie kleine Schritte zum Bühnenrand, wo ein Brunnen aufgebaut war. Er neigte sich schief zu einer Seite hin und Ruby glaubte, er würde umfallen, wenn ihn jemand anstieß. Melba trug ein blau kariertes Kleid und eine andere Perücke als die, die sie auf der Brücke getragen hatte: Ein Wust pechschwarzer Haare fiel ihr auf die Schultern.

Als der Chor zu Ende gesungen hatte und Melba den vorderen Bühnenrand erreicht hatte, lief sie unter einem aus Pappmaschee und Transparentpapier gebastelten Apfelbaum durch. Die Zweige bogen sich unter der Last hellroter Äpfel, die mit Draht an den Ästen befestigt waren. Melba lächelte – nein, sie strahlte. Ruby sah, wie der Bühnenauftritt, wie das Publikum Melba beflügelte, sie glücklicher machte als sonst irgendetwas auf der Welt und sie all ihre Probleme vergessen ließ. Genau so fühlte sich Ruby, wenn sie mit Miss Eula zusammen war … es war das höchste Glück.

Melba begann ihren Vortrag. Sie sprach mit so lauter Stimme, dass fast die Farbe von der Wand abblätterte. „Wie *lieb und teuer …* – wie *lieb, lieb, lieb und teuer* – ist mir der Ort meiner Kindheit! Oh! Wie *lieb*!“

„Oh, wie blöd." Ruby wusste nicht, ob sie sich das ansehen konnte.
Melba näherte sich jetzt dem Brunnen und ging unter dem letzten Ast des Apfelbaums durch. Sie hängte den Eimer an einen Haken am Brunnen. Dann breitete sie die Arme aus, stellte sich auf die Zehenspitzen und drehte sich zweimal im Kreis herum. Gleich würde sie anfangen zu singen.
Aber dazu kam es nicht. Ihre lange, schwarze Perücke blieb an einem Stück Draht hängen. Melba wirbelte weiter im Kreis herum, doch der Draht wollte sich nicht lösen. Ein paar Äpfel plumpsten auf die Bühne, *plopp! plopp! plopp!*, und als Melba Jane zu Ende getanzt hatte, hing am Baum eine glänzende schwarze Perücke. Auf der Bühne des Schulhauses stand Melba Jane Latham vor den versammelten Bürgern Halleluias, mit nur wenigen Haarbüscheln auf der bläulichen Kopfhaut, mehr oder weniger kahl.

25

Den Zuschauern stockte der Atem.
Ruby blinzelte. „Wahnsinn."
Im Scheinwerferlicht baumelte die Perücke an dem Ast, einen Meter hinter Melba Jane. Alle Blicke waren auf die Perücke gerichtet. Auf Melba. Auf die Perücke. Sogar der Chor war sprachlos.
Die Einzige, die nichts von dem Zwischenfall mitbekommen hatte, war Mrs Varnado, die jetzt weiter auf dem Klavier klimperte, sich im Takt der Musik hin und her wiegte und auf Melbas Einsatz wartete.
Ruby sah den Ausdruck auf Melbas Gesicht ... Melba war entsetzt. Nur mit Mühe gelang es ihr, auf der Bühne zu bleiben, sich auf den Beinen zu halten. Ruby hielt den Atem an, als Melba den Mund öffnete.
„Wie ich schon sagte ..." Melbas Stimme war kaum zu hören. Ihre Hände zitterten. Doch als Schauspielerin, die Melba unbedingt sein wollte, rührte sie sich nicht vom Fleck. „Wie lieb und teuer ist mir der Ort meiner Kindheit!" Ruby dachte, sie würde sich vielleicht wieder fangen. „Ich erinnere mich an die Tage, als ..." Melba brach

mitten im Satz ab. Ihre Augen füllten sich mit Tränen. Sie stand regungslos da. Keiner sagte etwas.

Sie hatte ihren Text vergessen! Ruby leckte sich die Lippen. Im Zuschauerraum erhob sich Melbas Mutter.

Melba begann erneut, sprach diesmal aber einen anderen Text. „Ich erinnere mich, als mein Vater …" Ihre Stimme war nur noch ein Krächzen.

Ruby lief es eiskalt den Rücken hinunter. Ohne einen Gedanken zu verschwenden ging sie mit Riesenschritten auf Melba zu. Melba starrte Ruby erschrocken an. Ihre Augen waren so groß wie Dollarmünzen. Es hatte ihr gänzlich die Sprache verschlagen. Sie brachte kein einziges Wort heraus. Ruby begriff in einem plötzlichen Anflug von Wagemut, dass sie vor der versammelten Stadt Halleluia, Mississippi, stand, neben der sprachlosen, mehr oder weniger kahlen Melba Jane Latham. Sie blickte zu Dove, die mit offenem Mund in einem Schaukelstuhl saß.

Ruby wandte sich Melba Jane zu. Ihre Blicke trafen sich, und sie starrten sich an. Es war nur ein Augenblick, und doch schien er eine Ewigkeit zu dauern. Ruby holte tief Luft. „Dein Vater!", sagte sie. Ihr Blick gab Melba zu verstehen: *Los, sag was!*

Melbas Mutter wollte zur Bühne gehen, doch Rubys Mutter legte ihre Hand sanft auf Leila Lathams Arm, als wollte sie sagen „Warte …"

Melba fand ihre Sprache wieder, nicht aber den Text. „Mein Vater …?" Sie legte die Stirn in Falten.

„Ja", sagte Ruby langsam. „Ja, ich erinnere mich gut an ihn!"

Melba blinzelte.

Wie?, dachte Ruby. *Wie erinnerte sie sich an ihn?* Sie sagte das Erstbeste, was ihr einfiel. „Er hat dir … er hat dir alle Sternbilder beigebracht, stimmt's?“ Melba öffnete den Mund. Ruby wurde rot. „Hat er dir auch das Leuchtkäfer-Lied beigebracht? Mein Opa hat es mir beigebracht.“ Ruby nahm Miss Eulas Hut ab und setzte ihn Melba auf den blau gefleckten Kopf.

„Mal sehen, ob ich mich erinnern kann.“ Und Ruby trug die Verse vor, die ihr Großvater ihr vor langer Zeit beigebracht hatte:

Oh kleiner Leuchtkäfer, sagte sie in einer glockenhellen Stimme.

Du bist der Erste, du bist das Licht,
Dir folgen wir treu, verlassen dich nicht,
Flieg davon in die Freiheit so fern!
Wir folgen mit ehrlichem Herzen dir gern
am Rande des Flusses, im Gras voller Mohn,
dem Ort, wo unsere Seelen schweben davon …

Ruby öffnete die Hände. Sie stellte sich vor, sie könnte einen echten Leuchtkäfer blinken und in den sich verdunkelnden Himmel davonfliegen sehen.

„Sieh mal!“, sagte sie und deutete nach oben. „Da ist noch einer! Fang ihn schnell, das bringt Glück!“ Ruby sah Melba mit großen Augen an. „Verdammt, mach schon“, sagte sie jetzt mit zusammengebissenen Zähnen. „Du sollst ihn fangen.“

Und Melba tat es. „Ich hab auch einen!“, krächzte sie und hielt ihre Hände zusammen.
„*Jeder* kann einen Leuchtkäfer finden!“, rief Ruby. Und siehe da: Der Chor eilte zum Bühnenrand, zu Ruby und Melba Jane. Alle fingen an, wie verrückt umherzuspringen, Leuchtkäfer zu fangen und sie in ihren Händen zu halten. Ruby hatte keine Ahnung, was sie als Nächstes tun sollte.
Mrs Varnado, schnell auf die neue Situation eingestellt, stimmte nun „Glüh, kleiner Glühwurm“ an. Melba, die allmählich ihre Fassung wiederfand, entließ ihren Leuchtkäfer in die Nacht, ebenso wie die Leute vom Chor. Ruby hakte Melba unter und tanzte mit ihr von der Bühne. Melba ließ sich bereitwillig führen. Die Perücke blieb, wo sie war. Tott und Cleebo Wilson zogen den Vorhang zu.
„Bedankt euch für den Beifall“, sagte Tott. „Sehr gut. Das war sehr gut.“ Der Vorhang öffnete sich wieder.
Im Publikum erhob sich tosender Applaus.

26

Melba und Ruby standen im Dunkeln hinter der Bühne. Ruby hatte ein komisches Gefühl, es war alles so schnell gegangen. Sie schob die Hände in die Taschen ihrer Latzhose. „Sie waren begeistert."

Melba öffnete den Mund, schloss ihn und öffnete ihn erneut. „Danke."

Der Applaus nahm kein Ende. Ruby zog ihre Hände wieder aus den Taschen. „Sie wollen, dass du dich für den Beifall bedankst."

Melba hielt mit Mühe die Tränen zurück. „Willst du mitkommen?"

Ruby schüttelte den Kopf. „Ich geh nach Hause."

Die Zuschauer riefen nach Ruby und Melba. Ruby ging zum Hinterausgang.

„Warte, Ruby!"

„Was ist?" Ruby wandte den Kopf und schob den linken Träger ihrer Latzhose hoch.

Melba fasste sich an die Stirn. „Es tut mir Leid wegen deinen Küken." Zwei dicke Tränen liefen ihr übers Gesicht. Ruby drückte die Hintertür auf.

Melba ging einen Schritt auf Ruby zu. „Es war ein Unfall." Sie wischte sich die Augen.
Ruby stand zwischen Tür und Angel. Sie horchte auf ihr Herz, sie zog sich am Ohrläppchen, spürte ihren Puls hinter den Schläfen.
Melba kramte in ihrer Tasche. „Wirklich, es tut mir Leid, Ruby." Sie wischte sich die Nase an ihrem Handrücken ab.
Ruby ließ die Schultern hängen und holte tief Luft. „Ich weiß, dass es ein Unfall war", sagte sie.
„Gut", sagte Melba schniefend.
Ruby kaute an ihrer Unterlippe und sah Melba an. „Es tut mir Leid wegen deinem Daddy."
Melba wischte sich die Augen. „Es tut mir Leid wegen deinem Opa."
Ruby dachte einen Moment nach, strich sich das Haar aus dem Gesicht und fügte dann hinzu: „... und wegen deinem Haar."
Melba blinzelte.
Ruby zuckte die Schultern.
Tante Tott streckte ihren Kopf durch den seitlichen Bühnenvorhang. „Beeilung, ihr zwei! Das Publikum möchte euch sein Lob aussprechen!" Sie zog den Kopf wieder zurück. „Nur Geduld! Sie sind noch da und sie *kommen* gleich! Sehr gut. Wirklich sehr gut."
„Ich bringe dir den Hut morgen zurück", sagte Melba.
„Okay."
„Ich möchte aber nicht auf einen Besuch bleiben."
„Das möchte ich auch nicht."

Mit diesen Worten ließ Ruby Melba im Schulhaus zurück und trat hinaus in die laue Sommernacht. Draußen vor der Tür wartete Rosebud. „Rosebud! Wie kommst du denn hierher?“ Ruby hob das Küken hoch und streichelte seine Federn. „Komm, Mädchen, wir machen einen Spaziergang.“

In der mondhellen Nacht schlenderte sie gemächlich in Richtung Stadt. Rosebud trippelte gackernd hinter ihr her. Immer wieder hielt sie an, um einen Käfer oder ein Steinchen zu untersuchen. Ruby wartete auf sie. Sie blickte zu dem sternklaren Himmel hinauf. „Wir sind unter demselben Himmel, Miss Eula, egal an welchem Ort wir uns befinden. Ich denke immer daran.“ Kurz darauf ging Ruby den sandigen Weg hinter dem geschlossenen Laden, der Bank und der Post entlang. Dort stand der Silberahorn, der Miss Eula und Ruby früher als Briefkasten gedient hatte.

Der Baum warf lange schimmernde Schatten über die schmale Straße. Ruby tätschelte den Stamm. Sie würde Miss Eula einen langen, einen sehr langen Brief schreiben müssen, um ihr von allen Ereignissen dieses Tages zu berichten.

Rosebud gackerte laut und Ruby bückte sich und hob sie auf. Da sah sie plötzlich etwas.

In dem Astloch war ein Zettel.

Post. Und die Post war rosa!

1. August

Lieber Ruby-Schatz,
ich bin aus dem Bus ausgestiegen und da war keine Menschenseele in der Stadt – sie waren alle bei der Operette!
lso hab ich mich schnellstens dorthin bewegt und dem Ganzen im Dunkeln sitzend zugesehen.
Ich habe gesehen, was du für Melba getan hast.
Ruby, ich bin stolz auf dich.
Eines habe ich auf Hawaii gelernt: dass wir vor unserem Leben und unseren Erinnerungen nicht davonlaufen können. Wir müssen uns ihnen stellen. Wie ich sehe, hast auch du das gelernt.

Wenn du mich nur halb so sehr vermisst hast wie ich dich, dann hoffe ich, dass du, sobald du diesen Brief gelesen hast, auf dem schnellsten Weg zum Pink Palace kommst. Ich röste ein paar Erdnüsse und lege 732 Fotos auf dem Boden aus, die ich dann in Fotoalben einkleben werde. Wenn DAS keine Glückszahl ist! Jedenfalls die beste Glückszahl bisher.
Ich habe einiges zu erzählen! Bring auch Dove mit. Und sag Melba, sie soll mir meinen Hut bringen und sag ihr, dass sie von mir ein Paar Zehensandalen geschenkt bekommt. Ich habe Zehensandalen für alle! Miss Mattie wird nächste Woche eine Lieferung von 400 Paar Zehensandalen erhalten! Da wird sie sich sicher

riesig freuen! Und ich freue mich riesig, wieder zu Hause zu sein.
Beeil dich und komm zu mir!

Liebe Grüße
deine (noch immer) Lieblingsgroßmutter,
Miss Eula

27

Ruby setzte sich abrupt auf den Boden. Plötzlich drohte ihr das Herz in der Brust zu zerspringen, es war ihr, als hätte jemand einen Hebel verstellt und *wuuuusch!* – ihr Herz wäre größer geworden, hätte sich mit … etwas gefüllt. Dieses Gefühl kroch bis zu ihrem Nacken hoch und stach sie im Hals – Tränen! Sie schlug sich mit der Hand auf die Brust und versuchte, ruhig zu atmen. Doch es ging nicht, es war wie eine Welle, und aus einem Schluchzer wurden zwei und dann drei und schließlich ließ Ruby ihren Gefühlen einfach freien Lauf.

Tränen bildeten überall auf dem rosa Brief kleine Pfützen und Ruby weinte, bis ihre Tränen versiegten. Rosebud gackerte ein paar Zentimeter von Ruby entfernt und sah zu ihr her. Ruby wischte sich die Nase an ihrem Hemdärmel ab und nahm Rosebud in die Hand, um sie an sich zu drücken. Das Küken befreite sich gackernd aus Rubys Griff. Es tapste ein paar Schritte weg, setzte sich dann wieder und gackerte, wobei es Ruby nicht aus den Augen ließ. „Dummes Küken", sagte Ruby. „Kommst mir überall nach! Ich hab doch *gesagt*, dass ich zurückkomme."

Ruby holte tief Luft. Dann faltete sie den Zettel zusammen und schob ihn in die Vordertasche ihrer Latzhose. „Miss Eula ist zu *Hause.*“ Eine angenehme Wärme breitete sich jetzt in Rubys Brust aus, sie strömte in ihre Arme und bis in die Fingerspitzen.

„Das Leben geht weiter, Rosebud“, flüsterte sie und strich sich die roten Haare aus dem Gesicht. „Du bist das beste Beispiel dafür. Ich habe deine Mutter gerettet und jetzt bist du hier und siehst mich weinen.“ Ihr kam ein neuer Gedanke und sie musste kichern. „Du bist eine ganz gute Freundin … für ein *Küken.*“

Ruby nahm ihre kleine Freundin in die Hand und drückte sie fest an sich. Rosebud gab ein empörtes Gackern von sich, und Ruby lachte und ließ sie los. „Komm schon, Mädchen!“, rief sie. Dann rannte sie los und Rosebud folgte ihr, am Boden scharrend. Sie lief die schmale Straße entlang, über die Brücke, den Hügel hinauf und zum Pink Palace.